民族文化技能传承系列教材

秀山海洋民歌

主 编

彭华友 杨丽华 刘子涵

中国财经出版传媒集团
中国财政经济出版社

图书在版编目（CIP）数据

秀山海洋民歌/彭华友，杨丽华，刘子涵主编. --北京：中国财政经济出版社，2022.6
民族文化技能传承系列教材
ISBN 978-7-5223-0897-5

Ⅰ.①秀… Ⅱ.①彭…②杨…③刘… Ⅲ.①民歌—秀山土家族苗族自治县 Ⅳ.①I276.271.94

中国版本图书馆CIP数据核字（2021）第224979号

责任编辑：蔡　宾　　　　　　责任校对：徐艳丽
封面设计：陈宇琰

秀山海洋民歌
XIUSHAN HAIYANG MINGE
中国财政经济出版社 出版
URL：http://www.cfeph.cn
E-mail：cfeph@cfemg.cn
（版权所有　翻印必究）
社址：北京市海淀区阜成路甲28号　邮政编码：100142
营销中心电话：010-88191522　编辑中心电话：010-88190666
天猫网店：中国财政经济出版社旗舰店
网址：https://zgczjjcbs.tmall.com
北京中兴印刷有限公司印刷　各地新华书店经销
成品尺寸：185mm×260mm　16开　6.75印张　120 000字
2021年12月第1版　2022年6月北京第1次印刷
定价：22.00元
ISBN 978-7-5223-0897-5
（图书出现印装问题，本社负责调换，电话：010-88190548）
本社质量投诉电话：010-88190744
打击盗版举报热线：010-88191661　QQ：2242791300

前言
PREFACE

秀山海洋民歌是历代秀山海洋人民在生产生活中创造、传承和享用的民间文化，包含着丰富的民族情感和思想观念，体现着独特的审美观念和精神面貌，蕴含着丰富的教育主题和多方面的教育价值。

我国是一个多民族多文化的国家，在长期的历史发展中形成了"各美其美，美人之美，美美与共，天下大同"的"多元一体格局"。保持文化多元性已成为当今社会的全球化、一体化进程中一个重要的特征，民族文化的传承亟待延续，如果不能认识自身的文化，不能理解多元文化，在多元化的世界里找不到自己的位置，就很容易弱化民族自尊意识。由此，在深化课程改革进程中吸收民间文化的精华，开发本土性和民族性的课程资源，丰富中职教育课程体系，保持文化多样性，已成为时下亟待解决的课题。

近年来，秀山职教中心凭借自身得天独厚的区位和区域民间文艺优势，认真贯彻落实《关于实施中华优秀传统文化传承发展工程的意见》，加强非遗技艺传承平台建设和课程资源利用。学校确立以学生发展为核心，"社会需求、学生发展、文化知识"有机结合的课程资源开发目标，通过整合各方资源，搭建校本课程资源开发平台，凝聚大批非遗代表性传承人、民间文艺研究的专家、学者等协同，开展校本特色课程建设，着力非遗文化传承与学校教育教学的同频共振，培养学生家国情怀，增强文化自觉和文化自信。

《秀山海洋民歌》就是校本特色课程之一，本课程是将秀山海洋民歌作为课程资源利用，目的就是加深对中华优秀传统文化的了解，加深对本地区、本民族文化传统的认知和理解，保持文化的多样性，增强文化认同，建设各民族共有精神家园，筑牢中华民族共同体意识。秀山海洋民歌作为教材的内容，有很多积极的意义，通过深入挖掘秀山海洋民歌中育人的文化内涵，提升学生审美观念和人文素养，增强爱国爱乡情感，激发学生自主成为民族文化的弘扬者。

《秀山海洋民歌》的编写，主要从秀山海洋民歌本身的曲调特点、审美情趣出发，内容涉及秀山海洋民歌的文化生态、艺术特点及功能以及劳动歌、生活歌、情歌、仪式歌、时政歌、儿歌等主要类型和秀山海洋民歌活态传承与发展途径等章节。本书可作为旅游、民族文化艺术等专业通识课程教材，亦可作为文化艺术类、管理人员的培训教材和参考用书。

本书由重庆市秀山土家族民族自治县职业教育中心彭华友、杨丽华、刘子涵担任主编；许晓婷、彭兴茂担任副主编；参编人员有彭益、冉妮、赵山、程丽君、杨腾达、龚宗胜。

《秀山海洋民歌》在编写过程中参考了诸多专家、学者的学术成果，并都予注明出处，同时还得到了民间歌手王兆友、潘清万、潘清林、李红菊、白玉林等人的帮助，特别是王兆友（现年70岁）提供了大量珍贵资料，在此一并致谢！

本书在编写过程中，得到长江师范学院重庆民族研究院余继平教授的悉心指导与大力支持，使本书的品质得到了提升，在此特别致谢！

由于编者水平有限，疏漏之处在所难免，敬请批评指正。

编者

2021年10月

CONTENTS 目录

◎ 概　述　　　　　　　　　　　　　　　　　　　　　　　1

◎ 第一章　秀山海洋民歌的文化生态梗概　　　　　　　　4
　　第一节　海洋乡自然地理环境　　　　　　　　　　　5
　　第二节　海洋乡人文环境　　　　　　　　　　　　　6

◎ 第二章　秀山海洋民歌的艺术特点及功能　　　　　　　9
　　第一节　秀山海洋民歌的艺术特点　　　　　　　　　10
　　第二节　秀山海洋民歌的功能　　　　　　　　　　　14

◎ 第三章　海洋劳动歌　　　　　　　　　　　　　　　　19
　　第一节　劳动歌的特征　　　　　　　　　　　　　　20
　　第二节　海洋劳动歌集成　　　　　　　　　　　　　23

◎ 第四章　海洋生活歌　　　　　　　　　　　　　　　　32
　　第一节　生活歌　　　　　　　　　　　　　　　　　33
　　第二节　海洋生活歌集成　　　　　　　　　　　　　35

第五章　海洋情歌　　52
第一节　情歌特征　　53
第二节　海洋情歌集成　　55

第六章　海洋仪式歌　　66
第一节　仪式歌特征　　67
第二节　海洋仪式歌集成　　70

第七章　海洋时政歌　　84
第一节　时政歌特征　　85
第二节　海洋时政歌集成　　86

第八章　儿歌　　87
第一节　儿歌特征　　88
第二节　儿歌集成　　89

第九章　海洋民歌活态传承与发展途径　　90
第一节　海洋民歌传承情况　　91
第二节　海洋民歌传承发展途径　　94

参考文献　　98

概 述

一、民间歌谣

民间歌谣是一种口头文学形式，其内容丰富，形式短小，易于记忆，有着特殊的节奏、韵律和曲调，有别于其他民间韵文形式。"歌""谣"区分，古人大多依据合乐与否做判断，在《韩诗章句》中曰"有章曲曰歌，无章曲曰谣。"现今学者对其区分不再那么细致，钟敬文认为"民歌受到音乐的制约，有比较稳定的曲式结构，所以歌词也有与之相适应的章法和格局；民谣大都没有固定的曲调，唱法自由近于朗诵，所以谣词多为较短的一段体，章句格式的要求上不像民歌那么严格。"[①] 可见民间歌谣是劳动人民集体的口头诗歌创作，具有特殊的节奏、音韵、章句和曲调等特征，是民间文学中可以歌唱和吟诵的韵文部分。

秀山海洋民歌教材内容就是在秀山海洋地区内搜集到的歌谣和各种资料、采访笔录为主，在此基础上经过筛选选入本书研究和教学内容。

二、民歌主要形式及类别

民间歌谣是劳动人民口头创作的一种文学艺术形式，在群众中产生、发展和传播，反映了人们日常生活的方方面面。从古到今，人们的生产劳动、日常生活，民歌都表达出人们的喜怒哀乐和爱恨情仇，同时也真切地表达人们的性格特点、理想追求和思想感情。秀山海洋民歌内容丰富，根据内容可分为劳动歌、仪式歌、时政歌、生活歌、情歌、儿歌、历史传说歌等类别。

劳动歌是民间歌谣里最先产生的一类。它是在劳动过程中创作出的民间歌谣，是人们用带有节奏的拍子来做指挥，激起劳动干劲，鼓舞劳动热情，协调大家动作，其又根据劳动类型分为劳动号子、猎歌、田歌、牧歌、工匠歌等。仪式歌是在民间礼俗、贺喜禳灾、庆节祈年、祭祀典礼、祭祖吊丧等仪式时吟诵的民间歌谣，因仪式类型有其相对应的内容和形式，可分为节令歌、礼俗歌、酒歌、诀术歌、祭典歌等。时

---

① 钟敬文：《民间文学概论》，上海文艺出版社1980版，第238页。

政歌是劳动人民有感于切身的政治状况而创作的民间歌谣。这类歌谣是人民对政治事件、措施、人物等一些基本看法，表明自己的观点和态度，抒发了人们内心的政治情绪和感情。生活歌就是在日常劳动生活和家庭生活创作的民间歌谣，反映了人民的劳动状态。从内容上又可以分为社会生活歌、生产歌、妇女生活歌、规劝歌和苦歌等。情歌是反映男女爱情生活的民间歌谣。它与当地婚俗紧密相连，从相识、相知、相恋至结婚各个阶段产生的表达情感歌谣，反映男女对美好生活的追求和向往，对幸福美满生活的憧憬。根据婚俗各个阶段又可分为诘问、初识、赞慕、初恋、热恋、起誓、相思、结婚、送郎、思别、苦情、逃婚等类型情歌。儿歌是用简洁生动的语言创作的符合儿童理解能力、生理及心理特点的在孩童中广为流传的民间歌谣。儿歌主要有游戏歌、事物歌、颠倒话、催眠歌和教诲歌等类型。历史传说歌是根据历史事实编成的表达群众的历史观的民间歌谣，主要有史实传说歌、历史人物传说歌和故事传说歌。

三、民歌的艺术特色

秀山海洋民歌都出民众或民间艺人之手，是一种非常通俗、接地气的文学形式，它们的语言表达、结构方式上既有古朴的诗学传统，也有时代气息。秀山海洋民歌主要体现为：一是以叙事、抒情为主的表达方式，如"无人来接我又接，我又接着唱一歇；我来接歌唱几句，东拉西扯不成文。"直接表达自己来接着唱一曲，"石榴好吃树难栽，大米好吃田难办，细鱼好吃网难抬。山歌好唱难开口，木匠难起吊脚楼。岩匠难打岩狮子，铁匠难打铁绣球。"直抒胸臆，"高坡点荞不用肥，两人相爱不用媒，郎吹木叶情一片，妹吹木叶一片情。""党的政策好处多，小康路上唱山歌，落实生产责任制，家家户户钱粮多。"二是庄严肃穆、诙谐幽默的行文风格，如"闲来无事淡古今，士农工商总要勤；天下耕读最为本，嫖赌狡谣是坏人。""歌师摆的龙门阵，关四门来留四门；放条活路给人走，言语不可乱伤人。"严肃劝诫学好人。也有"自从没唱扯谎歌，风吹岩头滚上坡；睡到半夜人咬狗，鸡母抓起野猫拖""看到太阳往西梭，我来唱首扯谎歌，早晨看见牛下蛋，晚上看到马长角。""看到太阳偏了西，扯谎歌儿唱不停，腊月阳雀后园叫，六月梅花开满坡。"等诙谐幽默的歌谣。三是运用起兴、铺陈、重叠、夸张的修辞手法等艺术特色，"情姐是我好知音，皮匠锥子当得针，要学苋菜红到老，莫学花椒黑了心。""送郎送到海椒林，手摸海椒诉衷情，要学海椒红到老，莫学花椒起黑心。送郎送到豇豆林，手摸豇豆诉衷情，要像豇豆成双对,莫学茄子打单身。"以及"自从不唱扯谎歌,我有十万八千箩;记得哪年涨大水,山歌塞断九条河。""说扯谎来我扯谎,我的山歌扯得宽;徒弟梦扯三千首,师傅一扯成海洋。"

第一章
秀山海洋民歌的文化生态梗概

秀山海洋民歌的产生、发展离不开所处的地形地貌、气候水文以及植被等自然环境,以及社会经济、传统文化、宗教信仰、伦理道德、审美心理、哲学观念等人文环境。海洋乡的文化生态是秀山海洋民歌产生和发展的特定土壤。

第一节　海洋乡自然地理环境

　　自然地理环境是人类生存与生活的基础，是人类文化产生与发展的重要影响因素。海洋乡特殊的自然地理环境必然影响着境内人们的生产和生活习惯，其独特的自然地理环境促进了秀山海洋民歌的形成与发展。

　　海洋乡连接石堤镇，位于秀山土家族苗族自治县城东北边陲，距县城56公里，距石堤镇18公里，东与大溪乡、石堤镇接壤，南与宋农镇毗邻，西北与酉阳县的后溪镇、麻旺镇交界。

　　海洋乡系秀山县辖地，位于武陵山腹地，系武陵山二级隆起带南段，四川盆地东南缘的外侧。海洋乡地势东高西低，山岭交错，溪涧纵横，气候适宜，植被丰富，环境优美。自然气候上，海洋乡属亚热带湿润季风气候，四季分明。春季回暖不稳定，个别年份会有倒春寒；夏季炎热，冬季有寒潮。年平均气温大于17℃，年无霜期平均为290天以上。受西南季风影响，降水充沛，年降水量在1200至1600毫米之间。全乡热量丰富，无霜期长适合多种植物和动物生长。境内气候湿润，森林覆盖率高，天然林面积广阔，木本、草本、藤本、蕨类、苔藓等植物分布各地；主要种植水稻、小麦、玉米、红薯、洋芋、黄豆、豌豆等粮食，以及油菜、花生、芝麻、烤烟等经济作物。

第二节　海洋乡人文环境

海洋乡定名源自"地广物博之意"。民国建乡后属石堤乡，1953年分石堤地设海洋乡。1962年划石堤公社地另设海洋人民公社，驻地冉房大队，属石堤区。1979年将小坪、大坪和宋农公社一枝、岩院、增产大队和中平生产队划入海洋人民公社，并将公社驻地迁至小坪大队。1983年改公社为乡，下属大队、生产队改名为村、组。① 现海洋乡辖有小坪、一支、岩院、芭茅、五四、坝联6个村民委员会、28个村民小组，辖区面积96平方公里。全乡户籍人口9200余人，其中土家族、苗族占总人口的75%，以土家族为主。

海洋乡土家族主要六大姓氏为彭、白、李、马、蔡、田六大姓。土家族自称"毕兹卡"，汉语直译"土家"，释为"本地人"。据《秀山县志》记载秀山县土家族祖先不仅与春秋时代巴人以及巴人统治下的当地土著人有关，还与唐代来自云贵高原北部的"乌蛮"和"僚"人有关。据清光绪《秀山县志》记载："秀山溪洞蟠深，自古居奴、獽、夷、蜒之蛮。"又载："五代时，中原梦挠，地陷于蛮，冉氏既据土千里，兼有今县东北诸地，其西南延袤百余里，则杨氏尽据之。""于时种落豪长，杨、田、彭、向称大姓，而杨氏尤强。"表明唐末五代时，黔北高原上的冉氏、田氏、杨氏大姓，已先后入主五溪和秀山各地，秀山土家族正式形成。南宋绍兴二年（1132），号称西南夷蕃部长的田佑恭，再次称雄思州为守令，统治五溪一带，兼有秀山宋农一带，被称"耸侬蛮"，即后来的"宋农蛮"。他与酉水一带"酉阳蛮""后溪蛮""石堤蛮"被通称"石堤土著"。田佑恭死后被土家族尊为"土王天子"，建祠祭祀。②

秀山县苗族自称"阿雄"，土家人称为"白卡"，即邻居的意思。清末民初时改称"苗胞"。夏禹时，在今武陵山地区形成了古代的苗蛮居住区。西汉时，居住武陵郡的苗人及其他居民都被称为"五陵五溪蛮""武陵蛮"。南宋时《溪蛮丛笑》的序中云："五溪诸蛮，皆盘瓠种也。聚落区分，各亦随异。沅，其故壤。环四封而居者有五：曰猫，曰瑶、曰僚、曰仡佬、曰仡伶。"其中猫，即苗，在西溪蛮称王以后，苗

---

① 《秀山县志》第60页。
② 秀山土家族苗族自治县县志编纂委员会：《秀山县志》，中华书局，2001年版第113～115页。

族成为五溪中重要的民族。从明代开始，文献史料对今秀山县境内苗族主要姓氏分布情况有明确记载，居住在溶溪的有石、皮、吕、龙、麻五姓，居住在平茶的有伍、龙、舒、向四姓；居住石耶、梅江的有吴、龙、廖、石、麻五姓。这些苗族姓氏，在秀山至今无太大变化，其中吴、龙、石等姓为大姓。而海洋乡的苗族是以谭、章两大姓为主。

秀山的汉族，自秦汉开始，中原地区汉人就开始迁移五溪一带，进而入驻秀山西溪流域并成为土著民族首领。南宋时汉人大量南迁进入秀山一带，他们进入后与土著人共同生活、入乡同俗，有部分汉人逐渐演为少数民族，或为土家或为苗族。明代长江中下游一带也有随军入黔进入秀山。改土归流后，吴、越、黔、楚之民大量涌入秀山，保持着自身民族特点，被称为"客家"。

随着历史的发展和经济文化的交流，土家、苗、汉等各族人民形成了大杂居，小聚居的状况。各族人民通用汉语言文字，相互尊重，和睦相处，在日常生活、风俗习惯上保存一致，但也不同程度保持了各民族的特色。

海洋乡土家、苗和汉等民族在历史长河中不断创造并留下了以物质为载体的历史文化资源。秀山文管所普查资料显示，海洋乡的联坝村谭家寨、五四村中寨、岩院田家沟、小坪白家塘等十余处相对保存最完好的吊脚楼群。其中岩院村被列入第三批中国传统村落名录，岩院村田家沟组为中国首批"中国少数民族特色村寨""重庆市少数民族特色村寨"。

这些村落文化中，有大量的背篓、背架、扁担、担桶、箩筐、抬杠等肩挑背负工具，以及达斗、连枷、竹筛、手摇风车等脱粒工具，水车、龙骨车、戽桶等抽水工具，有石磨、石碓、木篾子等加工农副产品的工具。还有生活中盛衣物的木箱子、衣柜，平头床、架子床等卧具。

在长期的社会实践过程中，人们创造、积累了丰富多彩的传统人文精神，如在长期生产生活中总结出不少水旱轮作、间种套种的耕作制度。如一茬种水稻、一茬种小麦的水旱轮作制度；在玉米间种黄豆、花生，在小麦间种豌豆、红苕厢间种绿豆等；在玉米行间套种红苕、烟草行间套种红苕等。还总结出"谷粒湿汪汪，盘里无水凼。室内雨雾浓，秧尖露珠亮。"的水稻栽培管理经验。一些非物质性文化资源具有一定的外化形式，而且相当一部分非物质性资源依托于物质载体。[①]

[①] 余继平：《武陵地区非物质文化遗产传承人发展困境及其对策研究》，巴蜀书社，2019年版第35页。

在生活民俗中，过去本地婚姻有请媒、求亲、订婚、结婚、谢媒、回门等烦琐程序，其中哭嫁习俗由来已久。"哭嫁"实为庆嫁，故为歌。哭嫁有"哭爹娘""哭祖宗""哭长辈""哭哥嫂""哭姊妹""哭媒人"等多种内容。丧葬习俗也如此烦琐复杂，在土家族丧葬习俗中，人死后要杀猪宰羊请土老司"开路"设灵堂，供灵牌，每日三次献饭，请纸扎艺人扎"灵屋""丧罩"，还举行"打绕棺""跳丧""唱孝歌"等活动，发丧到墓地后，道士举行"出魂"仪式。苗族丧葬习俗有请阴阳先生看地、入殓、道士做法事、打绕棺、唱孝歌、出殡"落枕"等。[①] 丧葬也少不了用歌声来缅怀故人，曲调悲戚，词意凄楚。如今这些烦琐的婚丧习俗程序已被简化，已没有固定烦琐程序。

秀山海洋民歌情感热烈奔放，这样的艺术特色，与其特定的地理环境和文化传统是分不开的。海洋乡有源远流长，姿态优美，底蕴深厚的海洋小坪的"花灯舞"和岩院跳团团；还有娓娓动听的民间音乐，多彩的民间工艺美术等，这些民间文艺具有鲜明的地域特色，有着深厚的文化内涵，蕴藏着极其丰厚的智慧和能量。因此，这样的自然环境为海洋人民养成爽朗、热情的性格创造了条件，为秀山海洋民歌的孕育提供了得天独厚的生境。海洋人民喜爱唱歌，民歌内容涉及自然物象、社会、劳动、人生、人伦、爱情、婚丧、生育、宗教、民俗等各个领域，可谓包罗万象，无所不及。

---

① 秀山土家族苗族自治县民族宗教事务委员会：《秀山民族志》内部资料，2002年第18页。

第二章

秀山海洋民歌的艺术特点及功能

第一节 秀山海洋民歌的艺术特点

秀山海洋民歌从产生至今，口耳相传，经久不衰，表现出顽强的生命力和独特的艺术性。秀山海洋民歌不仅广泛地表现了人们的理想愿望，抒发了思想感情，体现了"饥者歌其食，劳者歌其事"的现实主义精神和表现手法。而且表达了人们的审美理想和审美要求，凸显其强烈的艺术感染力。

一、劳动人民集体心声的艺术传达

民歌是劳动人民集体创作并传唱流传于民间的歌，是劳动人民发自内心的呼喊，集中体现劳动人民的思想感情和理想愿望。民歌所抒发的是劳动人民共有的喜怒哀乐，表达共同的爱憎褒贬，倾诉普遍遭受的艰辛苦难。由此，民歌有着深厚的群众基础，能引起普遍的共鸣，大家传唱。

民歌与劳动人民生活息息相关，海洋人民在创作民歌时，不仅善于捕捉生活中的真实感受，还善于从生活中抓住典型形象来完美地表达自己思想情感，并在此基础上用生动、感人的艺术形象，创造出独特的意境。象情歌是青年男女最美好的心曲：

> 太阳出来照白岩，白岩脚下桂花开。
> 姐是桂花香千里，哥是蜜蜂万里来。
> 郎是鸳来妹是鸯，双双游在河个间。
> 不怕风来不怕浪，不怕别人打冷枪。

几句歌词就把一个少女对爱情坚定不移的内心活动，惟妙惟肖地展现出来。在青年的情歌世界，人们往往从真切的生活感受着手，把人生景象与特定的思想情感完美地结合起来，书写出诗情画意融为一体的诗篇。

再如劳动歌，它是一项直接与劳动人民日常生活景况紧密相连的演唱艺术，具有协同劳动动作的节奏，振奋劳动精神，驱除疲劳，提高工效的作用。其内容主要是描

述劳动过程,传授劳动知识。如《栽秧歌》①:

>大田栽秧宽对宽,捡个螺蛳干处丢;
>螺蛳晒得大奢开,情妹晒得汗水流。

>大田薅秧脚脚抓,稗子野草手中拿;
>山歌响彻云天外,人多干活最好耍。

又如《农忙歌》②:

>听见阳雀叫,大家要殷勤;
>挑粪办秧地,谷种早泡成。
>田坎还未铲,活路实顶真;
>鸡叫喊吃饭,天亮就出门。

二、劳动人民真情实感的坦诚表达

真和诚是民歌的艺术魅力。民歌是生活土壤里直接长出的山花,"饮者歌其食,劳者歌其事"。民歌追求的是真情实感,体现的是天真、率直,毫无虚假,正如民歌唱的"山歌无本句句真"。民歌的坦诚是他从不掩饰的直截了当的直抒胸臆,从不虚伪扭捏,毫不犹犹豫豫,遮遮掩掩,决不"千呼万唤始出来,犹抱琵琶半遮面"。劳动人民想唱就唱,"一进山坡就唱歌,唱了一坡又一坡。"山里的人们不吼号子喉咙痒,不唱山歌不开怀,没有什么犯忌和顾虑,"大白岩来小白岩,唱首山歌甩过来;有情有义就捡起,无情无义甩回来。"唱歌也是天不怕地不怕,"半夜想半夜来,不怕猛虎不怕豺。不怕猛虎当路坐,不怕死人当路埋。"想怎么说就怎么说,不会讲究什么身份体面,有什么感受就唱什么歌,决不吞吞吐吐,就像《连情歌》中的唱词:

>生要连来死要连,与姐要连一百年;

---

① 彭兴茂演唱、收集整理。
② 刘国珍收集整理,秀山县巴家乡寨学村人。

那个九十七岁死，奈何桥上等三年。
说起要连就要连，不怕爹娘管得严；
我俩相亲相爱好，天塌下来有双肩。

三、民歌语言朴实、生动表达出朴素的"野性美"

劳动人民是语言的创造者，也是一切文学艺术的创作源泉。民歌生于田野，传于田野，其语言朴实、生动，形象而富有表现力，简洁含蓄而又富有幽默感。比如《扯谎歌》"看到太阳西边挂，唱首山歌扯一下，端碗冰水来发汗，吃个海椒来解渴。"民歌歌词多用口语、地方语言诉说心声，如《雅坡[①]情妹良心好》：

要连情妹上雅坡，要吃凉水下洞脚[②]；
雅坡情妹良心好，洞脚凉水解口渴。

民歌多样日常生活用语，明白如话，如"郎在后檐打一岩[③]，姐在房中绣花鞋，爹娘问你什么事，风吹古树落干柴。"短短四句话把一对热恋中的青年内心世界复杂的心情，微妙、细腻、形象地表现出来。民歌看似不懂规矩和文明，举止似乎也有些粗野，但是天真直率，真诚坦然，决不势利，一切都那么自然纯朴，亲切友好，透露着一种野性美。如《桐子开花砣对砣》：

桐子开花砣对砣，别人笑我无老婆。
哪年哪月讨一个，背起娃娃喊嘎婆。

四、民歌形式多样，比兴、对偶、夸张等修辞手法广泛运用

海洋人民生活与周边的苗族、土家族、汉族都生活在相同的地理环境，其生产及生活方式、生活习俗大多相同，民歌的内容也基本相同，其形式有劳动号子、薅草歌、栽秧歌等劳动歌，有历史、单身、苦情等生活歌，有初交、连情、热恋、分别、相思、送别、盟誓、结婚等情歌，有哭嫁、哭丧、摆手歌、梯玛神歌、修房等仪式

[①] 雅坡：岩坡，地名之意。
[②] 洞脚：方言，指岩脚，最底下的意思。
[③] 打一岩：干活，指石匠在岩上打石头。

歌。这些修辞多样的民歌生动形象而富有韵味地描述人们多姿多彩的生活和淳朴纯真的精神风貌。

在秀山海洋民歌里，比、兴手法的运用最为普遍。民歌有多种多样的比喻，有单比、排比、对比、反比等，而用来作比的事物业都是人们生活中十分常见的事物，如：

　　　　山歌不唱不开怀，磨子不推不转来。
　　　　刀子不磨要生锈，大路不走草成排。

　　　　送郎送到海椒林，手摸海椒诉衷情。
　　　　要学海椒红到老，莫学花椒黑良心。

民歌中比兴常常融为一体，不仅起到烘托，映衬正句，引出所言之事，还从整体上将正句与兴句联系起来，突出他们的相似性，帮助人们开展联想，发挥想象力。对偶、比拟、夸张、顶真、双关等修辞手法使用十分广泛、活泼。这些手法或单用，或几种手法并用，一切都是为自己更好表达所思所想所爱，精准地造境达意而定。如《牵牛缠树死不放》《妹不招手哥不来》等：

　　　　批把树上牵牛花，牵牛缠树往上爬。
　　　　牵牛缠树死不放，哥今缠妹要成家。

　　　　太阳出来照白岩，白岩上面刺花开。
　　　　风不吹花花不摆，妹不招手哥不来。

第二节 秀山海洋民歌的功能

民歌来源于现实,广大人民群众在长期的劳动、生活实践中,为表现自己的生活、抒发自己的感情表达自己的意志、愿望,进而创作了民歌,并在民间传唱、传播。民歌具有集体性、广泛性、娱乐性的特点。海洋人民喜爱民歌,需要民歌,人们在参加生产劳动、礼仪、社交活动中,都会不同程度地从中或索取实用功能,或得到精神愉悦的快乐。秀山海洋民歌除了具有文学的审美功能、教育功能、认识功能以及娱乐功能外,也还具有一些特殊的功能。

一、民歌的娱乐功能

民歌的音乐形式具有简明朴实、平易近人、生动灵活的特点,"民歌音乐的篇幅是最小的,大多以一个乐段为其塑造形象的基本单位,其民歌的曲调和润腔与自然语音的字调、语调、节奏、顿逗等十分接近。民歌的音乐大多无固定的程式,灵活多变。"[①]秀山海洋民歌具有很强的娱乐性,如《栽秧歌》《扯谎哥》等,既可作为劳作时的休闲娱乐,起到去疲劳鼓劲的作用,也给人们在劳动之余的生活增添了无尽的乐趣。如《桂花树脚好歇凉》:

> 大田栽秧行对行,
> 田中有个鲤鱼塘,
> 鲤鱼塘里好洗澡,
> 桂花树脚好歇凉。

又如《扯谎越扯扯得宽》:

> 你扯谎来我扯谎,
> 扯谎越扯扯得宽,

---

① 江明:《汉族民歌概论》,上海音乐出版社,2004年版第5页。

情妹端水用筛子，
情哥煮饭用碓窝。

二、民歌的实用功能

民歌能满足人的需求，人们在长期生活中总结出"饭养身子歌养心，活路要做歌也要唱。"的理论，意识到民歌是人的精神食粮，对人的生存和发展有着极为重要的作用。民歌是有较多的实用性功用，嫁歌、丧歌、宗教仪式歌曲等，它们在一定生活、风俗仪式活动中都具有其实用的价值。从民歌的产生就同实用密切相关，如人们在长期历史发展过程中，由于工具简陋，技术也落后，劳动需要集体来承担的情况下，集体劳动就迫切需要有组织、有协调的进行，劳动歌由此应运而生。人们在劳动生活中创作了形式多样、实用功能较强的、富有本地特色的民歌。有一人领唱众人和的劳动号子，有可独唱或合唱的采茶歌、放牛歌；有鼓舞劳动热情，提高劳动效率的薅草锣鼓；还有消除孤独烦恼，减轻劳动疲劳的歇气歌、盘歌等。如盘歌《芝麻结子棒棒敲》：

我的盘歌不算多，唱首盘歌搞谦和。
说你聪明说你乖，唱首盘歌你来猜。

什么结子高又高？什么结子半中腰？
什么结子连盖打？什么结子棒棒敲？

高粱结子高又高，苞谷结子半中腰。
黄豆结子连盖打，芝麻结子棒棒敲。

三、民歌的教育功能

民歌中积淀了深厚的文化底蕴，体现出很强的教育功能。在古代和近现代时期，受诸多因素影响，加上交通不便，人们与外界接触极少，很少能接受学堂教育，大多数民众所接受的都是口传心授的口头文化，很多知识的积累只能从世世代代传承的民歌品种中获取。民歌的教育价值主要体现在以下几点：一是灌输伦理道德、模塑与规范人的行为的功能。做有良心人的家庭教育方式有很多，以哭嫁习俗来看家庭伦理道德的教化，"哭嫁常常伴随着父母教导女儿要行孝道，尽妇道，要吃苦耐劳、克勤克俭等训诫内容。"[①]如哭嫁歌中的《十枝梅》：

隔年梅花对雪开，梅香请出姑娘来。
梅香来把姑娘劝，劝你姑娘记心怀。
一枝梅花雪中托，一劝姑娘孝公婆。
端茶送水莫懒惰，油盐蔬菜要温和。
公婆打骂莫顶嘴，将来媳妇也做婆。

九枝梅花衬雪梅，九劝姑娘要巴家。
清早开门七件事，油盐柴米酱醋茶。
早起打扫堂前地，喂猪纺棉养鸡鸭。

再如：

我的女儿，
我的心肝。
走路要看路高低，
讲话要分人老少。
要顺兄嫂兄妹的情。

在传统社会，婚恋中十分看重人的内涵，仪表只是其中一个方面，关键还是在一个人的品行和道德。如《送郎调》：

送郎送到松树林，手摸松树诉衷情。

---

① 余继平：《建立在以"良心"为核心基础之上的道德规范——以土家族婚恋民歌为例》，转自《土家山歌》第68页。

要像松柏常青翠，莫像芭茅一个春。

送郎送到松树坪，根根松树如媒人；
松树千年不落叶，小妹万年不变心。

婚恋中的青年，用民歌的形式表达要做有责任有良心的人，在爱情、婚姻、家庭方面、男女之间真诚相待，真心相爱，才能白头到老。

二是传授知识、增长人的才智的作用。人们为了生存发展的需要，因为不识字，常常把在生产和生活中日积月累的各种知识和生产经验，总结、保存在民歌里。人们在演唱或欣赏民歌的过程中，会不知不觉地被其内容所感染，从而潜移默化地受到教育。如传授农业知识的《农事歌》：

放牛前头走，犁耙随后跟，
栽秧不怕雨，种土要天晴。
干田才犁老，水田先耙平。
娃娃喊送饭，活路实顶真。
栽秧总宜早，握迟做不成，
大家展个劲。功天只见行。
杂粮也可做，莫误大阳春。
多收九百石，不怕有客看。

又如《之乎者也歌》：

性相近来习相远，圣人知道莫盘根；
君子务本是正道，之乎者也其为人。

要学君子坦荡荡，莫学小人较斤斤；
正齐衣冠为本分，莫学小人算大人。

四、民歌的交际功能

民歌的交际功能主要体现在人际交往中。在人们的社会生活中，无论城镇乡村，在逢年过节、红白喜事、店铺开张、修房造屋等时，就成为亲朋邻里、各业同行们重要的民间社交活动时机和场所，人们都会在这里交流感情、交朋结友，商谈事业。在民间，人们遇喜事道喜贺吉，便产生了说"好话""吉言"的民歌，民歌就成为传递友谊的信息，搭设感情的桥梁。如《祝寿酒歌》[①]：

劝上双亲一杯酒，寿延高上九十九；
再等来年满百岁，去来吃上寿延酒。
既是东海长流水，也是天上古老松。

这种"酒歌"就是人们在交际场合中经常听到的一类民歌。土家族的礼仪歌和原始宗教歌，都是民间举行的各种仪式礼俗活动中的作用，大家分享房主的快乐，邻里乡情也更加亲密，和谐。如建房的《抛梁歌》[②]：

团苏一盆抛梁粑，讲起抛梁笑哈哈。
前三后四我不讲，今日与主抛栋梁。
一要东方添人口，二要南方添寿长。
三要西方添荣华，四要北方添银两。
五要中央添金宝，房屋代代添荣昌。

---

① 1986年4月于酉阳小坝乡花园村，王再新演唱，祁天运采录。
② 杨昌军口述，杨兰珍于1986年5月秀山县姚家村采录。

第三章

海洋劳动歌

  劳动歌是劳动人民在劳动生产中喊唱的或者协调劳动动作的歌。劳动歌在民间歌谣中产生得最早的歌谣种类。在原始社会中,由于生产工具落后,生产力低下,人们从事的常常是最为笨重的体力劳动,因此,人们在劳动中为了齐心协力,减轻劳动的强度,常常随着劳动经常重复出现的、有强烈节奏和简单声音的呼喊。在《礼记》中曰:"古人劳役必讴歌,举大木者呼邪许。"在《淮南子·道应训》记载的:"今夫举大木者,前呼'邪许',后亦应之,此举重劝力之歌也。""举重劝力之歌"就是劳动歌中的呼喊号令式的劳动歌类型。随着生产力的进步,社会生活的嬗变和民间歌谣自身发展,劳动歌也在历代相传中加进了一些描写劳动过程以及与劳动者思想感情有关的生活情态的内容,致使劳动歌更为丰富多彩,更为成熟。

第一节　劳动歌的特征

　　海洋劳动歌是劳动人民在群体劳动生产实践过程中，边编边唱，边唱边用时发展起来的。它与劳动实践密不可分，劳动歌的节奏与劳动过程中手臂的起落、腰身的摆动、脚步的移动等节奏高度统一，协调一致，十分和谐。因此，劳动歌能够鼓舞人们的劳动热情，提高劳动效率的功能。

　　劳动歌的歌词内容十分丰富，有直接唱生产劳动的，有唱地方风物、爱情以及历史人物、传说故事、戏剧故事的，还有见物生情的即兴创作的歌词。海洋劳动歌的内容和形式是由劳动性质和工作的条件所决定的，由于劳动工种不同，劳动强度不一，劳动条件的差异，劳动歌的样式也不尽相同。如劳动号子歌，农事劳动歌、栽秧歌、薅草锣鼓歌、盘歌、扯谎（白）歌等形式。

　　劳动号子歌，是在集体劳动中为了统一步调，协调动作，创作出的呼号式劳动歌，其特点就是歌词简短，呼喊衬词较多，节奏强烈鲜明，劳动的节拍与歌声和谐一致。在唱的时候由一人领唱众人和，如《酉水船工号子》"里耶上来（和：嗨嘿）转个湾（和：嗨嘿），船儿要过（和：嗨嘿）螺丝滩（和：嗨嘿），上了一滩（和：嗨嘿）过陡滩（和：嗨嘿）"，其领唱为实质性内容，和的是衬词。在石堤、海洋、大溪等地民间流传的《酉水船工号子》是极具地方特色和民族特色的："三砸九洞十八碛，七十二岩拢石堤，多少在岸上，多少在水里。"

　　农事劳动歌，是人们在田间地头栽秧、薅秧、除草、田间管理、收获等劳作时所产生的歌谣。这类劳动歌多表现为描述抒情式。人们为了在劳动中减轻繁重的劳动给人肉体上带来的负荷和痛苦，常以相互说笑和吟唱民歌来打破枯燥、沉闷，解除疲惫心情，如"山歌好唱吹木叶，男女同志歇一歇，几首山歌解烦累，挑担好比燕子飞。"有了劳动歌，减轻了劳动强度，增强了劳动效率，激起了劳动热情，那本来单调乏味的劳作也变得轻松愉悦起来。农事劳动歌主要反映生产劳动过程、生产经验和劳动中表现出来的情绪，其词句大都有实质性内容，唱词讲究，一般都押韵，句式整齐，有五字句、七字句，其审美性得到强化，艺术价值也比较高。

　　如栽秧歌就是农民在栽插水稻或栽种玉米秧劳作时，为减轻疲劳，鼓舞劲头，人们在田间地头常一边栽秧，一边即兴歌唱的歌谣。栽秧歌的演唱形式比较灵活多样。主要有一人领唱，众人帮腔形式，也有二人对唱和多人递相轮唱形式，当然还有一人独唱的。栽秧歌的曲调一般为比较固定的"平腔""矮腔"；节奏自由，曲调流畅，带有明显的汉唐巴渝歌谣"竹枝歌"的神韵；歌词多为七言四句，词语多是俚俗口语，自然清新、生动活泼、幽默诙谐；歌词内容题材广泛、丰富多彩，充满了现实生活气息。一般主要是反映人们劳动生活感受和社会生活现实，或男女逗情、激励讽谕、借事言情或托物抒怀、喜笑纵横、恣意取乐。如海洋《栽秧歌》：

> 大田栽秧先栽角，情妹下田把鞋脱。
> 鞋子搁在田坎上，袜子落在田坎脚。
>
> 大田栽秧宽对宽，捡个螺蛳干处丢。
> 螺蛳晒得大奢开，情妹晒得汗水流。
>
> 大田薅秧脚脚抓，稗子野草手中拿。
> 山歌响彻云天外，人多干活最好耍。

再如在劳动中，借事言情男女逗情，恣意取乐以激励劳动干劲的栽秧歌：

> 对门大姐笑咪咪，快快过来合胜皮，
> 只要中间合得拢，不管两头齐不齐。
> 十七八岁不出嫁，留在家中把鞋扎，
> 看见公鸡爬母鸡，心里犹如刀子杀。

还有在栽秧除草过程中用讽喻封建婚俗的歌谣，提振精神，倍增干劲，人们歌唱中不知不觉地就把秧栽完，把草除尽。如反映童养媳的民歌《过路君子你莫笑》：

> 大田栽秧栽四角，脱了花鞋挽裤脚。
> 过路君子你莫笑，丈夫小了莫奈何。

扯谎歌就是明知是假，故意把多种自然现象颠倒混淆，张冠李戴，阴差阳错来编写的民歌。扯谎歌纯粹以幽默口吻逗趣开心，没有恶意，同时扯谎歌也隐含着对不合理现象的嘲讽揶揄的意味。扯谎歌主要用以调节劳动者的情绪，忘却体力的疲劳，同时也助于培养逆向思维和判断是非的能力。如《风吹岩头滚上坡》：

　　自从没唱扯谎歌，风吹岩头滚上坡；
　　睡到半夜人咬狗，鸡母抓起野猫拖。

　　看到太阳往西梭，我来唱首扯谎歌；
　　早晨看见牛下蛋，晚上看到马长角。

盘歌是男女双方通过一问一答的方式，斗才斗智的对歌形式。"盘歌"就像歌场考试一般，既严肃，盘歌所涉及的内容广泛，十分丰富。有关于历史、地理的内容；也有关于神话、传说的故事，还有日常生活、农事季节、时事政治等方面的问题。总之是上至天文下及地理，人世间、神仙幽冥等想到就问，广泛考察。如《北斗七星妹妹多》：

　　歌师又把盘歌问，你今听我说分明，
　　什么星宿独自过？什么星宿妹妹多？
　　什么星宿娘家坐？甚么星宿紧跟着？
　　惹得何人红了脸？取出何物划成河？

　　歌师听我把言答，这个盘歌盘得下。
　　北极星宿独自过，北斗七星妹妹多。
　　织女星宿娘家坐，牛郎星宿紧跟着。
　　惹得王母红了脸，取下金钗划银河。

第二节　海洋劳动歌集成

劳动山歌

山歌不唱不开怀
山歌是个乱题材，
哪里方便哪里来，
只要四句斗得拢，
只要七字撒得开。

山歌不唱不开怀，
磨子不推不拢来，
酒不醉人人自醉，
花不逢春不乱开。

山歌不唱不开怀，
磨子不推不转来，
刀子不磨要生锈，
大路不走草成排。

山歌好唱吹木叶，
男女同志歇一歇，
几首山歌解烦累，
挑担好比燕子飞。

太阳落坡又落岩，
扛把锄头坳把柴，
别人说我好勤快，
我不勤快哪里来。

大田栽秧行对行，
一行稗子一行秧，
秧子没有稗子好，
家花没有野花香。

大田栽秧先栽角，
情妹下田把鞋脱，
鞋子搁在田坎上，
袜子落在田坎脚。

大田栽秧宽对宽，
捡个螺蛳干处丢，
螺蛳晒得大奢开，
情妹晒得汗水流。

大田薅秧脚脚抓，
稗子野草手中拿，
山歌响彻云天外，
人多干活最好耍。

山歌好唱口难开[①]
石榴好吃树难栽，
大米好吃田难办，
细鱼好吃网难抬。

山歌好唱难开口，
木匠难起吊脚楼。
岩匠难打岩狮子，
铁匠难打铁绣球。

高高山下一条河，
河水清清荡碧波，
鲤鱼飙滩顺风起，
山歌悠悠洒满河。

[①]　演唱人：王兆

打鱼哥子你莫急，
眼睛一定看仔细，
黄壳鲤鱼我不捡，
当当只捡母猪壳。

高高山下一条河，
河边住着打渔哥，
轻轻撒下乌丝网，
大鱼小鱼滚上坡。

长江鲤鱼下大海，
不怕拦壕壁垒岩，
敢闻千层青丝网，
敢过百座钓鱼台。

大年过了百草发，
锄头落地是庄家，
做阳春来勤把家，
家也发来人也发。

隔坡采茶七个哥，
高矮肥瘦差不多，
那个傻哥我认识，
愣头愣脑傻呵呵。

隔山采茶七个娇，
一样水灵一样高，
心上幺妹我认得，
瓜子脸蛋蜜蜂腰。

上山采茶不唱歌，
采起茶来焉梭梭；
幺妹接着打哈欠，
情哥忙把烟斗摸。

山中荆竹一择高，
砍根竹子做文箫；
奇吹箫来妹妹听，
一时不吹妹心焦。

山中荆竹根连根，
哥妹好比线穿针；
妹是花针朝前走，
哥是丝线随后跟。

砍柴要砍竹子柴，
砍了竹子笋子来；
恋妹要恋两姊妹，
姐姐去了妹妹来。

妹妹天生好口才，
小郎何曾答得来；
行宾待客样样会，
劳动生产有安排。

情妹生得矮驼驼，
背上有个猪草箩；
一来上山打猪草，
二来上山看情哥。

犁土大哥犁得恶，
犁了平地犁窝砣，
一阵太阳一阵雨，
把头伸到牛胯脚。

犁飞犁舞泥土笑，
首首山歌把春闹，
牛鞭甩得震天响，
赶着春天来报到。

河里涨水哥生情，
送支情歌到对门，
哪歇有了空闲时，
过河帮妹办阳春。

土家苗寨山歌多，
改革开放暖心窝，
小康路上同步走，
一路欢笑一路歌。

党的政策春风来，
土家苗寨百花开，
人人欢笑人人歌，
山歌越喝越开怀。

草鞋烂了四条索，
妹妹打来妹妹搓，
连夜点灯连夜打，
拿送哥哥走江湖。

你不来呢我又来，
好比刘备卖草鞋，
张飞长街把肉卖，
云长豆腐卖得快。

脚耙手软没得力，
好久没得好的吃；
瘦肉穿汤荷包蛋，
上坡下坎双脚疾。

山高不过八面山，
水深不过鲁碧谭；
八面山上风景好，
鲁碧谭中鲤鱼长。

从不唱歌忘记歌，
从不行船忘记河，
从没来耍忘记路，
从不见妹心里焦。

从没唱歌歌声哈，
自从吃了冷油渣，
只因爹娘惯侍①我，
自今想来也无法。

清早上坡捡干柴，
看见情妹在扎鞋②，
青布面子白布里，
扎起鸳鸯戏水来。

河下住着打鱼郎，
身披渔网跑长江，
打得鱼儿卖了钱，
拿回家中买油盐。

太阳出来照高坡，
幺妹采茶爱唱歌，
不唱山歌心头闷，
唱起山歌才快活。

扯谎歌③

自从没唱扯谎歌，
风吹岩头滚上坡；
睡到半夜人咬狗，
鸡母抓起野猫拖。

唱歌不唱扯谎歌，
风吹石头滚上坡；
冬水田里捡菌子，
青杠林里鲤鱼梭④。

你扯谎来我扯谎，
妹唱山歌想情郎；
哪日给你五条烟，
送根烟杆二丈长。

你唱山歌爱扯谎，
你我扯谎是内行；
唐僧东方去取经，
取得半斤姜四两。

你扯谎来我扯谎，
你我扯谎无序章；
两个瞎子在看书，
几个聋子摆家常。

说扯谎来都扯谎，
你我都是扯谎郎；
宣统十二为丞相，
世民三岁当帝王。

---

① 惯侍：放纵，纵容，娇惯。
② 扎鞋：做鞋，针线活。
③ 扯谎：撒谎。
④ 梭：指游动。

看到太阳往西梭，①
我来唱首扯谎歌，
早晨看见牛下蛋，
晚上看到马长角。

看到太阳偏了西，
扯谎歌儿唱不停，
腊月阳雀后园叫，
六月梅花开满坡。

看到太阳西边挂，
唱首山歌扯一下，
端碗冰水来发汗，
吃个海椒来解渴。

你扯谎来我扯谎，
扯谎越扯扯得宽，
情妹端水用筛子，
情哥煮饭用碓窝。

你唱山歌尽扯谎，
我也是个扯谎郎；
安徽有座峨眉山，
湖南有个日月潭。

扯谎歌来扯谎郎，
扯破情妹花衣裳；
我扯花布三丈二，
给妹做得六寸长。

扯谎歌来都扯谎，
扯谎歌儿唱不完；
鱼游青山鸟宿浪，
龙居半岩虎困滩。

扯谎歌来尽扯谎，
扯谎歌儿唱不完；
英台哭得长城倒，
孟姜女嫁马家郎。

扯谎歌来扯谎歌，
我的扯谎有好多；
蛇靠四脚腾空走，
马凭鳞甲到处梭。

要扯谎来都扯谎，
你我扯谎扯不完；
蜀汉军师号韩信，
项羽帮手诸葛亮。

要扯谎来我扯谎，
我的歌儿扯得长；
一两棉花纺四两，
五寸织布一丈长。

自从不唱扯谎歌，
我有十万八千箩；
记得哪年涨大水，
山歌塞断九条河。

说扯谎来我扯谎，
我的山歌扯得宽；
徒弟梦扯三千首，
师傅一扯成海洋。

说扯谎来光扯谎，
我的谎儿扯不完；
白日月亮照情妹，
夜晚太阳照情郎。

---

① 梭：移动，落。

盘歌[①]

歌师说话本聪明，
盘首山歌说分明；
你走水路几个滩？
你走旱路几个湾？

歌师你今得听清，
徒弟今天表得明，
天河原来九个滩，
九个滩来九个弯。

哪位星宿河东坐？
哪位星宿河西坡？
哪月哪日会一巡？
万古流传到如今？

你今一二答得出，
算你神仙化斋人；
甲子乙丑海中金，
我今盘问你根生。

二元桃木在中间，
九根直来九根弯，
根根树上结桃子，
九根甜来九根酸。

歌师听我把言答，
这个盘歌盘得下，
北极星宿独自过，
北斗七星妹妹多。

王母蟠桃几千岁，
多少年来树开花；
多少年来结成果，
请你一一作回答。

玉皇把旨传下令，
四个仙女守桃园；
孙猴用计偷桃吃，
八卦炉中受熬煎。

织女星宿娘家坐，
牛郎星宿紧跟着，
惹得王母红了脸，
取下金钗划银河。

王母蟠桃九千岁，
三千年来才开花；
三千年来结成果，
何人得见何人尝。

歌师又把盘歌问，
你今听我说分明，
什么星宿独自过？
什么星宿妹妹多？

牛郎隔在河西坡，
织女隔在河东坐；
七月七日会一面，
千秋佳话两情合。

谁人把守桃园地？
谁人偷吃蟠桃果？
几根直来几根弯？
几根甜来几根酸？

什么星宿娘家坐？
什么星宿紧跟着？
惹得何人红了脸？
取出何物划成河？

我的盘歌不算多，
唱首盘歌搞谦和；
说你聪明说你乖，
唱首盘歌你来猜。

[①] 彭兴茂收集整理。

什么吃草不吃根？
什么睡觉不翻身？
什么肚内长牙齿？
什么肚内有眼睛？

豇豆结子是一双，
小麦结子须须间；
茄瓜结子打倒挂，
红苕结子土子创。

猴子岩上盘脚坐，
蜘蛛岩下织绫罗，
啄木鸟会打速天鼓，
雄鸡会唱五更歌。

我不聪明我不乖，
你的盘歌我来猜；
猜得不对你莫怪，
跟你歌师学一招。

什么弯弯在上天？
什么弯弯在江边？
什么弯弯跟牛走？
什么弯弯在眼前？

什么有口不说话？
什么无嘴闹喳喳？
什么有脚不走路？
什么无脚走千家？

镰刀吃草不吃根。
岩头睡觉不翻身，
磨子肚内长牙齿，
灯笼肚内长眼睛。

月儿弯弯在上天，
船儿弯弯在江边，
枷当弯弯跟牛走，
眉毛弯弯在眼前。

菩萨有嘴不说话，
铜锣无嘴闹喳喳，
板凳有脚不走路，
人民币无脚走千家。

什么结子高又高？
什么结子半中腰？
什么结子连盖打？
什么结子棒棒敲？

什么纽纽扭上天？
什么纽纽栓河边？
什么纽纽跟牛走？
什么纽纽爬上杆？

什么穿的青又白？
什么穿的全身黑？
什么穿的绫罗缎？
什么穿的葡萄色？

高粱结子高又高，
苞谷结子半中腰，
黄豆结子连盖打，
芝麻结子棒棒敲。

轻烟纽纽扭上天，
纤绳纽纽栓河边，
千斤纽纽跟牛走，
豇豆纽纽爬上杆。

喜鹊穿青又穿白，
乌鸦穿的全身黑，
锦鸡穿的绫罗缎，
斑鸠穿的葡萄色。

什么结子是一双？
什么结子须须间？
什么结子打倒挂？
什么结子土中创？

什么岩上盘腿坐？
什么岩下织绫罗？
什么会打连天鼓？
什么会唱五更歌？

什么水上打跟斗？
什么水上起高楼？
什么水上撑阳伞？
什么水上共白头？

鸭子水上打跟斗，
轮船水上起高楼，
荷叶水上撑阳伞，
鸳鸯水上共白头。

什么花开红又红？
什么道路不受穷？
谁人指出幸福路？
谁人恩情重又重？

牡丹花开红又红，
改革开放不受穷，
共产党指引幸福路，
毛主席恩情重又重。

什么圆圆圆上天？
什么圆圆水中间？
什么圆圆街上卖？
什么圆圆在眼前？

月亮圆圆圆上天，
乌龟圆圆水中间，
簸箕圆圆街上卖，
眼睛圆圆在眼前。

什么出来一点红？
什么出来像弯弓？
什么出来往下掉？
什么一遮永无踪？

太阳出来一点红，
峨眉月亮像弯弓，
满天星星往下掉，
乌云一遮永无踪。

唱地方风物歌

唱秀山各地
无人来接我又接，
我来接起唱一歇，
我来接住唱几句，
来把秀山说明白。

秀山物产潜力大，
高山丘陵连平坝，
梅江河水接湘黔，
工业农业用不完。

渝怀铁路南北跨，
高连公路连上下，
川湘公路负荷大，
交通运输很发达。

村村寨塞通公路，
还用水泥来硬化，
川河平阳出煤矿，
水泥石耶和美沙。

旺龙钟灵修电站，
石堤宋农大过它，
明珠照亮千万户，
电视冰箱全靠它。

煮饭不用柴和煤，
开关一拉就成啦；
清洁干净又卫生，
人人见了人人夸。

龙池官庄到平凯，
丘连丘来坝连坝，
三合清溪到龙凤，
阡陌相连七十坝。

石堤洪安桐子树，
吏目迎风多油茶，
锰矿业产在溶溪，
溪口邓阳产朱砂。

电解锰畅销国外，
秀山花灯一枝花，
各族人民团结果，
小康路上大步跨。

孝溪水库用处大，
引水飞渡到莲花，
钟灵水库达国标，
县城用水全靠它。

自从浸到岩院来，
岩院山脉生得乖，
自然村落吊脚楼，
大大小小一排排。

太阳当顶正当中，
午饭不来肚子空，
站在高处打一望，
谷子还在碓头舂。

玉道堤坝擒龙王，
梅江河畔香谷花；
巨丰川河龙川堰，
河水乘乘坡上爬。

自从浸到岩院来，
岩院村民很和谐，
知人待客满脸笑，
憨厚忠诚土家寨。

太阳出来坡对坡，
找站山坡唱山歌；
不唱山来不唱水，
开心唱着土家歌。

我县基础建设好，
工业农业贡献大，
经济建设发展快，
改革开放大步跨。

太阳共来照九州，
海洋龙灯田家沟，
岩院龙灯玩得好，
玩起狮子滚绣球。

一把芝麻撒上天，
土家山歌万万千，
山上歌唱无老幼，
唱歌面前莫扯宽。

海洋是个好地方，
有山有水有良田，
一年四季勤劳动，
不愁吃来不愁穿。

海洋花灯传美名，
上过重庆大新闻，
花灯演艺动作好，
还有土家摇宝宝。

太阳出来照白岩，
白岩上面刺花开，
风不吹花花不摆，
妹不招手寄不来。

海洋是个好地方，
山上竹木映苍天，
一年四季勤劳动，
勤劳致富奔小康。

海洋是个好地方，
青山绿水好风光，
各族人民团结寨，
高歌一路奔小康。

太阳落山坡背黄，
好此犀牛望月亮，
犀牛望月涨大水，
小妹望月进绣房。

青山绿水泛银光，
花香柳绿映田庄，
莫道海洋无胜境，
田家沟中稻花香。

太阳牛来照九州，
哪个青年不风流，
若是青年不风流，
河水也要往上流。

我是天上一颗星，
你是悬崖树一根，
两人都在悬处走，
过去过来要小心。

大雨落来我不愁，
蓑衣斗笠在房头，
蓑衣就在棕树上，
斗笠还在竹林头。

细篾斗笠顶顶高，
细白飘带花围腰，
好似哪家龙凤女，
人才美貌生得标。

瞌睡速速眼不开，
把哥倒杯热茶来，
锅头有碗油炒饭，
吃了热饭上楼来。

满山木叶挑一片，
百人里面挑一人，
我吹木叶满山响，
歌师勤快又聪明。

凉风绕绕要天晴，
画眉绕绕要出林，
凉风出在凉风洞，
画眉出在青杠林。

铁打钢刀不用磨，
金铸嗓子爱唱歌，
今天和你作对手，
不怕你歌有好多。

满山木叶青又青，
我吹木叶试哥心，
要学画眉常年叫，
莫学阳雀叫一春。

第四章

海洋生活歌

第四章　海洋生活歌

第一节　生活歌

生活歌主要是反映劳动人民日常社会生活的民歌。广义上的生活歌几乎包括了一切民歌，如劳工苦歌、世态歌、妇女苦歌、后母虐待苦歌、童养媳小丈夫歌、寡妇苦歌、光棍苦歌、骂媒歌、劝诫歌、生活知识歌、乞丐歌、诙谐歌和新生活歌，共13类。在本章中生活歌的概念，是指那些反映劳动人民日常生活和家庭生活状况的歌谣。在新中国成立前，生活歌深刻揭示了黑暗的社会现实，真实地反映劳动人民的悲惨境况，愤怒地表达了劳动人民反对封建礼教、渴望解放、争取婚姻自由自主的主张。

劳工苦歌，反映在旧中国广大劳动人民遭受残酷剥削、压迫，在死亡线上挣扎的痛苦生活。种田的农民"春雨落下地，饿起把田犁"，秋收后"交租又还债，家中无颗粒"。长工们"当牛做马一年完，拿起算盘算工钱，一算三下五除二，长工没得半文钱"。倾诉苦难是生活歌较为普遍主题，妇女生活歌，在长期的封建社会中，封建礼教和宗法观念对妇女造成巨大灾难，让她们从生到死都达不到与男子一样的平等待遇。在婚姻上全由父母包办，只能"嫁鸡随鸡，嫁狗随狗"，没有自主权可言，像妇女苦歌、童养媳小丈夫歌、寡妇苦歌就是旧社会妇女生活的真实写照。如《十八大姐三岁郎》[①]：

十八大姐三岁郎，铜盆洗脚抱上床。

抱在手上不算重，放在床上不算长。

睡到半夜要奶吃，我是你妻不是娘。

还有光棍苦歌、乞丐歌等则从另一个层面反映了那个时代生活的艰难。如《单身汉来好造孽》：

单身汉来好造孽，连根汗帕都没得；

揩烂几多好衣袖，外搭好多桐子叶。

---

① 张相能演唱，周兴云采录，1986年10月采录于原涪陵地区龙潭新村。

单身汉来好心焦，家里无水无人挑；
园里有菜无人打，屋里有柴无人烧。

劝诫歌，劝人处世，"忠厚最为大，正直方为人。发财靠勤奋，切莫起黑心。"劝儿女要孝敬老人，劝人不要养成吸毒、酗酒、赌钱、嫖妓等不良行为，以及如何教育子女等歌，是有进步思想的。劝诫不要拈花惹草，露水夫妻不长久，如《野花香得不久长》：

情妹说话不思量，别人妻子我更想；
有钱有米我不讨，家花哪有野花香。

情哥说话不在行，这句言词不应当，
虽然野花香得好，野花香得不久长。

又如《无钱无米把你抛》：

金打戒指银打脚，野老婆来靠不着；
同偕到老有几个，反面无情古上多。

金打戒指银抽条，野老婆来你莫嫖；
有钱有米情义好，无钱无米把你抛。

第二节　海洋生活歌集成

劳工苦歌

光棍苦歌
单身汉来好吃亏，
各人春来各人吹，
一双眼睛吹瞎了，
巴得全身部是灰。

单身汉来好造孽，
各人春米团不得，
吃了几多尖嘴容，
剩菜剩饭难得热。

单身汉来好造孽，
连根汗帕都没得，
揩烂几多好衣袖，
外搭好多桐子叶。

单身汉来好可怜，
又要种地有犁田，
吃了几多剥壳来，
睡了几多冷牙床。

十二月盼看娘
正月说是去看娘，
婆婆说是绣花忙；
手拿针线无心绣，
一心想着去看娘。

二月说是去看娘，
婆婆说是挖土忙，
手拿锄头无心挖，
一心想着去看娘。

三月说是去看娘，
婆婆说是播种忙；
手拿种子无心播，
一心想着去看娘。

四月说是去看娘，
婆婆说是栽秧忙，
手拿秧子无心载，
一心想着去看娘。

五月说是去看娘，
婆婆说是过端阳，
手拿棕叶无心包，
一心想着去看娘。

六月说是去看娘，
婆婆说是热难当，
手拿扇子无心扇，
一心想着去看娘。

七月说是去看娘，
婆婆说是过月丰，
手拿纸钱无心烧，
一心想着去看娘。

八月说是去看娘，
婆婆说是秋收忙，
手拿镰刀无心割，
一心想着去看娘。

九月说是去看娘，
婆婆说是过重阳，
九月九日无心过，
一心想着去看娘。

十月说是去看娘，
婆婆说是挖苕忙，
手拿锄头无心挖，
一心想着去看娘。

冬月说是去看娘，
婆婆说是杀猪忙，
手拿猪肠无心洗，
一心想着去看娘。

腊月说是去看娘，
婆婆说是过年忙，
手拿纸线无心烧，
时时硬是想看娘。

人心都是肉来长，
看娘心情都理解，
现在政策变了样，
媳妇就是太上皇。

堂屋椅子轮流转，
你今也是婆婆样，
媳妇正是当婆时，
改变世俗莫偏见。

新旧社会两个样，
生人要有价值观，
安全生产勤劳动，
人人兜里都有钱。

我歌唱到这里止，
哪个歌师来接上，
哪个歌师唱几句，
我在旁边歇歇凉。

劝诫歌
闲来无事淡古今，
士农工商总要勤；
天下耕读最为本，
嫖赌狡遥是坏人。

午时风雨比为瑞，
万紫千红总是春；
前朝有个贞节妇，
说来人人掉泪珠。

她的终身受尽苦，
安安起止把书读；
今日不见母的面，
每夜哭泣到天明。

孝心感到天和地，
后来得到永传名；
中睡池塘莫睡久，
轻轻打卧半边身

无人来接我又接，
我又接着唱一歇；
我来接歌唱几句，
东拉西扯不成文。

牛吃石灰呱白嘴，
马嚼棉絮扯白经；
路边草鞋拾来的，
有鼻子来无后跟。

火烧竹子拦腰爆，
两头不唱唱中心；
莫学海椒红了脸，
莫学花椒黑了心。

莫做灯笼千只眼，
要做蜡烛一条心；
千根芭茅共块土，
万个法堂共老君。

哥哥生得白如雪，
白衣白裤穿不得；
哥穿白衣逗狗咬，
妹穿白衣逗人嫖。

情妹说话不思量，
别人妻子我更想；
有钱有来我不讨，
家花哪有野花香。

情哥说话不在行,
这句言词不应当,
虽然野花香得好,
野花香得不久长。

吃烟莫把烟来敲,
好烟孬烟随使烧,
莫把好烟吃过了,
就把孬烟往外抛。

吃饭莫把筷子敲,
恋妹莫把手来招,
招手示意妹来了,
羊肉没吃惹身臊。

金打戒指银打脚,
野老婆来靠不着,
同偕到老有几个,
反面无情古上多。

金打戒指银抽条,
野老婆来你莫嫖,
有钱有米情义好,
无钱无米把你抛。

海宽装得千江水,
天宽装得万重山,
为人心宽多仁厚,
人老也会转少年。

海宽能装千江水,
天宽能装万重山,
雷打一声千里响,
歌师唱歌远名扬。

海宽装得千江水,
天宽能装万重山,
春雷一青响万里,
改革开放人心暖。

历史传说知识歌
唱清朝一段至今①
耳听春雷响几声,
为弟听得战兢兢;
我把前清唱几句,
东拉西扯到如今。

顺治坐位十八年,
康熙六十一春整。
雍正十三天下好,
乾隆六十岁岁高。

嘉庆二十五年到,
道光三十归阴朝。
咸丰十一事变了,
东边弟子爱赌嫖。

成群结党不学好,
三言两语就动刀。
眼前生产无人搞,
整个国家都乱了。

勉强坐位七日半,
龙虎癸巳生龙朝。
同治年间我不表,
光绪坐位接下梢。

光绪坐位三十四,
他在朝中一病亡。
宣统接着把位坐,
胆识人小无主张。

三年未满得了信,
民国起义他就跪。
年幼宣统无计定,
忽然接得信书文。

左丞右相无主了,
人夫轿马乱纷纷。
宣统奔逃日本去,
遍地兵马走如云。

各个军阀设了计,
结拜兄弟一条心;
弟兄同心把计定,
民国建立把今行。

---
① 王兆友演唱、彭兴茂整理。

宣统跑过日本去,
日本得信将他收。
宣统后来生反骨,
伪满洲国来成立。

农民百姓无主定,
贵州四川去逃生。
你我对面来摆古,
大家红苕吃得成。

日本是个小岛国,
发动罪恶的战争。
先是侵占东三省,
尔后打进北京城。

蒋家军队几百万,
妥协让步不抵抗。
国内一片乱纷纷,
日军攻进南京城。

城中民标都遭殃,
杀人如麻三十万。
介石丢了总统府,
跑到重庆来避难。

各族人民同愤怒,
一心要和日本战。
领导抗战共产党,
百团大战把名扬。

艰苦奋斗不怕难,
坚持抗战整八年。
男女老少齐参战,
打得鬼子投了降。

鬼子投降赶出国,
胜利果实蒋又抢。
挑起内战又三年,
多少百姓又遭殃。

三大战役是典范,
消灭蒋军几百万。
百万雄师过大江,
很快解放大西南。

蒋军败数已确定,
急忙逃往小台湾。
全国人民得解放,
翻身不忘共产党。

妻劝夫来耐烦点,
夫劝妻来要耐烦。
夫妻二人共思想,
多做生产多打粮。

各族人民都一样,
不愁吃来不愁穿。
少的外出把钱赚,
老的在家搞生产。

腊月三十算一账,
钱满柜来粮满仓。
努力劳动奔小康,
四化建设早实观。

这是几句闲言语,
闲言闲语被人谈。
我歌唱到这里止,
哪位歌师来帮腔。

唱程咬金一段[①]
无人接声我接声,
唱段唐朝程咬金,
别的琐事我不表,
当讲咬金一段文。

青春之时又好耍,
如今到老人难行,
人人都曾年轻过,
虚度年华总害人。

出生地点斑鸠镇,
堂上只有一母亲,
贩卖私盐脾气横,
盐棰一举死一人。

咬金犯下死人罪,
捉拿牢中难脱身,
不觉又遇皇移位,
救他无罪得出门。

---

① 王兆友演唱、彭兴茂整理。

背起包袱回家转，
见母连连叫几声，
我的肚中饿得很，
有饭拿些送我吞。

程母闻听开了言，
口中省得米五升，
你去拿来锅内煮，
咬金煮熟吃干净。

现在我有一条裙，
可以当点白花银，
众人一见咬金到，
犹如猛虎出山林。

人人当时都说道，
这条大虫骇坏人，
就把众人来推倒，
两边如同水流奔。

一脚跳上当铺内，
大叫几声要当银，
当铺人人都骇惊，
不知他是什么人。

走上前来忙恭喜，
认得他是程咬金；
急忙把货打开看，
原是一条旧布裙。

我也不当你的裙，
贺你一句白花银，
一步跳下柜台子，
不叫多谢就出门。

要卖竹子是真情，
咬金一时到塞邻，
忽然看见王小二，
小二假装不识程。

咬金行到他后面，
就是一拳击背心，
就把小二打倒地，
背上就是几大锤。

小二连忙来爬起，
你是何人打我身，
咬金急忙开口骂，
假装不识我的名。

这个娘的真火冒，
谁个见我不奉承，
你要竹子是小事，
何必这帮打我身。

多少竹子随你要，
送你两捆又怎的。
一梱背在肩头上，
一梱绑在背膛心。

背起竹子回家转，
如同鸟飞一般行，
程母一见咬金到，
心又喜来心又惊。

做些柴扒街上卖，
就把柴扒挑出门，
一天到晚无人问，
肚内饥饿上店门。

上前就把店二叫，
或要吃面或吃荤，
咬金急忙回言道，
正要吃酒和肉荤。

老婆就把酒来上，
老公就把菜来端，
牛肉烧腊切两碗，
小炒精心和猪肝。

各样菜碗端桌上，
咬金一见喜盈盈，
就把酒杯拿在手，
一连饮了好几巡。

吃酒已毕又吃饭，
酒足饭饱醉如神，
嘴巴几抹便走了，
背起柴扒就出门。

店主老板来扯住，
不开酒钱想出门，
咬金衣服扯破了，
心中起了火一盆。

回身一拳打过去，
老板打得几翻身，
老婆一见大声喊，
哪个客人乱胡行。

咬金听说越发性，
就将碗盏一扫清，
坛坛罐罐都打破，
锅子打得几边分。

店二俩人骇坏了，
急忙抽身上楼亭。
大叫众人快救命，
惊动街上好多人。

街上大众跑来看，
一见就是程咬金，
谁人敢来说一句，
只在旁边鼓眼睛。

身着紫袍来一人，
胡须面白一般型，
叫声老兄叫我明，
急忙抽身下楼亭。

你与咬金赔个礼，
我就送你十两银，
派我家丁取十两，
送你二老过光阴。

又叫咬金来说道，
请你同我到家庭，
咬金回言好便好，
二人挽手出店门。

同路行走来得快，
不觉就到地家门，
咬金用目来观看，
四周高山大树林。

二人来到高堂上，
吩咐家丁取布巾，
咬金衣服都换了，
才入内堂把酒斟。

方下坐下行毕礼，
客宾席上叙寒温，
那人开言来问讯，
仁兄高姓叫何名。

你是何州并何县，
府中还有多少人，
咬金急忙回言道，
尤家兄长听分明。

家住地名斑鸠店，
小弟姓程名咬金，
家中无有弟和妹，
只有老母在家庭。

这是小弟真实话，
兄长连连叫几声，
那人当时回言答，
尤俊达是我的名。

现在坐的地名讲，
武南庄上把家兴，
向来买卖做珠宝，
一句未有哄你们。

听说程弟是好汉，
献个计谋做得营，
这是我的私情话，
看你意下如何行。

我是一个卖扒人，
哪有本事来相呈，
俊达回言忙笑道，
我有珠宝几车轮。

代你一同拿资本，
出门好好共条心，
卖了珠宝回家去，
除去本钱把利分。

咬金回言我应允，
家中母亲靠何人，
俊达回言不难事，
母亲接到我家庭。

咬金说道此事妙，
二人又把酒来饮，
喝到三更月明朗，
咬金起身接母亲。

家丁俊达人两个，
又送酒肴和衣襟，
程母接来他家坐，
三人同路饮几巡。

你我不久要出门，
要把武艺学精微，
咬金此时回言答，
百样兵器我无能。

往日我曾砍柴卖，
会用斧头不会锤，
俊达听得这句话，
吩咐取斧叫家丁。

取出一柄宣花斧，
重有六十零四斤，
咬金得斧接在手，
舞了几路乱弹琴。

俊达旁边开言道，
真真不怕笑坏人，
走上前来将他教，
路路斧法记得清。

咬金合眼方入睡，
一阵清风吹来临，
见一老人立前面，
开言叫他土狗星。

我今来此无别事，
教你斧法件件能，
我奉你保真明主，
封你王侯定乾坤。

老人把斧拿在手，
七十二路教得清，
把他路路都教会，
到声土星不凶人。

也是梦中来教你，
件件斧法要记明，
此时起来到村内，
略练几件把斧抢。

半我三更又怕惊，
忙吧板凳拖一根，
黑更半夜把斧练，
楼板震得如雷声。

俊达急忙来观看，
更比白日胜十分，
赶出门外一声叫，
便把咬金来惊醒。

练到三十六路斧，
固此后路记不清；
俊达开言来问道，
你的斧法真妙精。

俊达一时来牵马，
骑在马上显威灵，
这马叫作枣骝马，
真是宝马如云飞。

身长一文毛花色，
背高八尺有余零，
此畜看到咬金到，
摇头摆尾大嘶声。

咬金见马心欢喜，
等到天明把斧抢；
那马四蹄腾空走，
犹如云中一般行。

不觉走了数十里，
来到一座土山林，
忽然草中跳一兔，
急忙打马追它身。

急忙向洞摸一手，
有个东西内面存；
便是铁叶黄金甲，
笑在眉头喜在心。

铁盔拿来戴头上，
铁甲拿未披在身，
一步跳上枣骝马，
飞奔一路转回程。

这是二十一回事，
二十二回接前者，
俊达看到咬金到，
铁盔铁甲披在身。

俊达见了心欢喜，
正是上天的功臣，
二人方才来结拜，
祝告天地过往神。

俊达年纪大二岁，
拜当大哥手足情，
弟兄今日结拜后，
安排行装要出门。

就把车子拿六架，
只等二更就起程，
咬金此时开言说，
如何要等到二更。

俊达回言你不晓，
夜静免得外人询，
家丁把车推出去，
二人披挂在后跟。

走了不久到二点，
不觉到了长叶林，
望见号灯几百盏，
路上行走百余人。

一齐上前跪下地，
都喊迎接大王身，
众位兵丁不好了，
来了响马一大群。

我的兵丁到处跪，
打抢客商买卖人，
倘若抢得大财宝，
我俩快活一平身。

此时就把大哥叫，
我俩然何做贼人，
事前邀我卖珠宝，
贤弟有所不知情。

你乃初回为贼犯，
以后必定免罪轻，
咬金把话信实了，
这回事情我应承。

俊达听得心欢喜，
带领喽啰上山林，
山上原来有屋宇，
九进枣堂合议厅。

二人来到高厅坐，
众喽排队两边分，
前后都有待候人，
如同无帅坐中军。

俊达就把贤弟叫，
有句哑语对你明，
讨账就是守山寨，
观风就是去抢人。

小风为之客商到，
大风为之多金银，
中风就是来得少，
风紧就是杀不赢。

强盗见礼为报拂，
这些哑语要记清，
或是观风或讨账，
随你贤第来认承。

咬金即时回言答，
我来观风你安营，
只带喽啰人一个，
提起斧头就出门。

一时走到路道口，
等到半夜无一人，
咬金等到心焦躁，
看看天色已微明。

喽啰上前一声禀，
天明可以转家庭，
咬金当时回言道，
做事总要放宽心。

初次求财要顺手，
空手不可转回程，
就叫喽啰把路引，
要过两边把客寻。

二人来到西边路，
远远见来一支兵，
旌旗闪闪遮天上，
人马纷纷闹沉沉。

旌旗高上书大字，
靠山大王解饷银，
靠山大王非别个，
本是炀帝胞叔身。

天不好汉为第八，
杨林就是他的名，
封他净海大元帅，
镇守登州管万民。

只因炀帝初登位，
要往长安进贡银，
他有义子十二个，
取名十二太保身。

取名罗方大太保，
二保薛亮一同行，
解来饷银十六万，
龙衣百件色色新。

带领兵丁几百个，
不觉来到长叶林，
咬金一见大声吵，
大风起了到来临。

喽啰忙说莫动手，
抢了杨林是非轻，
咬金回言你放屁，
什么大王是杨林。

急忙上了枣骝马，
手提宣斧大开声，
过路人等休想走，
帮我留下买路银。

小兵一见忙去报，
报与两个太保听，
罗方闻报觉奇怪，
哪有这个大胆人。

哪有这个下蛮干，
待我上前把他擒，
走上前来大骂道，
饷马强盗是何人？

不知大王的利害，
犹如就把死路寻，
咬金也不来答话，
举起大斧砍他身。

大叫一声不好了，
勒转马头走如云，
薛亮一见他去了，
拍马上前也来迎。

咬金顺手就一斧，
只听叮当响一声，
薛亮把枪也斩断，
两手震得血淋淋。

连忙勒马回头走，
咬金放马赶来临，
小兵将银丢在地，
各自四下去逃生。

两个太保忙开口，
这个强盗乱胡行，
你要银子你拿去，
如何要杀我二人。

咬金听说一声吼，
两个狗头听分明，
我是有名大强盗，
不是无名小贼人。

移计名叫尤俊达，
我是天神程咬金，
放你去对杨林报，
下次又好来送银。

罗方薛亮心惊跳，
就把姓名错记心，
急忙回马往大道，
连夜奔回登州城。

二人败走且不表，
回书又说这天神，
勒马转来哈哈笑，
看见银桶遍地存。

急忙举斧来砍破，
滚出元宝亮沉沉，
俊达忽然也赶来，
就把银子装车内。

当时忙把喽啰叫，
推起六车上山林，
回到寨中多热闹，
杀猪宰羊赏家丁。

过了一日且回转，
便将寨中用火焚，
到了三更一齐走，
大家收拾转回程。

来到家中将银窖，
花园挖了一深坑，
十六万两都埋尽，
二人商议把计定。

做个大斋梁王节，
方可遮盖这事情，
就请和尚二十四，
要做七七大期程。

即将榜示挂在外，
六月二十一起往，
抢银原是二十二，
先写一天哄众人。

不表二人把计定，
回书又说太保身，
日夜奔走登州地，
杨林正在把帐升。

急报太保回家转，
当时心中得一惊，
忙将二人传入帐，
开言便问是何情。

两个太保忙禀报，
被贼抢去这饷银，
杨林一听心大怒，
吩咐捆绑问斩刑。

二人哀求又恕罪，
父王在上听原因，
走到山东历城县，
大喊几声送饷银。

那个响马真厉害，
他还通姓又报名，
我是响马大强盗，
我是程达与尤金。

杨林听得这句话，
不知哪地哪镇人，
既然晓得这名姓，
方可线你命残生。

贴上榜文到处找，
传下山东村县城，
我歌唱到这里止，
哪个歌师接过音。

之乎者也歌
无人接歌我来接，
莫等歌声来脱节；
高挂铜锣歇歇气，
水流滩头腾一腾。

长路担子来得远，
做个转肩打杵人；
唱得不好你莫怪，
喉下转经我不行。

与朋友交要有信，
人若无信留骂名；
我非生而知之者，
好古敏以举圣人。

书中都是讲不尽，
三十而立习五经；
四十不敢件件晓，
五十天命秀才明。

六十耳顺能分理，
七十规矩不越身；
我的歌儿讲不尽，
如择如磋更精微。

性相近来习相远，
圣人知道莫盘根；
君子务本是正道，
之乎者也其为人。

要学君子坦荡荡，
莫学小人较斤斤；
正齐衣冠为本分，
莫学小人算大人。

君子不重不到威，
歌师唱歌莫盘根；
望之严然威名震，
即之也温更和平。

有朋自远来相会，
不亦说乎喜在心；
人不知来而不愠，
花言巧语哄①先生。

先散礼来我不晓，
敬礼不尽乱躬身；
要学孟子讲仁义，
原来君子无所争。

都是恭宽信敏惠，
也是诸公共称臣；
天时原来及地利，
地利怎能及和人。

还有前本我不唱，
夫子莞尔耻笑人；
鹞子②翻身跳下马，
哪位歌师来登程。

歌唱十二月

一唱一来是新年，
平贵夫入王宝钏；
平贵西凉做皇帝，
宝钏受苦十八年。

二唱二来是新春，
六郎夫八穆桂英；
二人打破天门障，
一人能抵百万兵。

三唱三来桃花红，
白马银枪赵子龙；
长坂坡前打一仗，
万马军中称英雄。

四唱四来插秧忙，
李逵下山接宋江；
梁山一百单八将，
一个更比一个强。

---

① 哄：欺骗。
② 鹞子：一般指雀鹰。雀鹰，属小型猛禽。

五唱五来是端阳，
咬金板斧老君堂；
秦琼一世志良将，
只有雄信不投唐。

六唱六月天伏热，
英台只想梁山伯；
山伯单想英台到，
双双高飞化蝴蝶。

七唱七来秋风凉，
刘秀十二走南阳；
姚期马战又求救，
二十八宿闹坤阳。

八唱八来是中秋，
隋炀皇帝下扬州；
一心要去观花景，
万里江山一旦丢。

九唱九来是重阳，
私下三关杨六郎；
杀人放火焦光赞，
偷营劫寨是孟良。

十唱十来小雪飞，
曹操领兵下江南；
孔明又把东风借，
庞统献计是连环。

十一唱来是寒天，
三国有个关云长；
过五关来斩六将，
擂鼓三声斩蔡阳。

十三唱来完一年，
古城相会大团圆；
兄弟徐州来失散，
刘备关张结桃园。

我歌唱到这里止，
哪位歌师来帮腔；
哪位歌师把歌唱，
做个热闹把名扬。

谦虚歌

几句闲言风飘散，
要唱几句正经文；
许多高楼把酒饮，
许多贵客闹沉沉。

红旗插在东门外，
哪位歌师接过来；
哪位歌师接歌唱，
论你人情海洋深。

无人末接我又接，
看到歌声脱了节；
歌师唱歌如雷声，
为弟听得战兢兢。

砍树又遇老青杠，
挑水又遇老龙王；
弹琴遇到三线子，
桃花又遇大姑娘。

兵对兵来将对将，
莫把义气来失散；
你的山歌唱得好，
水打蓝丝抖得抻。

前朝古人比得好，
现在政策讲得清；
唐朝有个薛仁贵，
宋朝有个穆桂英。

唐朝雄信忠良将，
能死英雄不投唐；
朝中把他来问斩，
无人能够救他亡。

梁山一百单八将，
个个都是英雄汉；
允许朝廷去招安，
几杯毒酒归黄泉。

老鼠怕的众板打，
秦桧又怕岳家将；
项羽又被蜂糖制，
气死割头在乌江。

无人来接我又接，
东拉西扯不成文，
如有哪点没唱对，
众位歌师多批评。

未曾开口自担心，
耳烧面热不安宁，
从来不大唱山歌，
今天有缘学开声。

声音不好喉咙紧，
唱的字眼听不明，
提起头来忘记尾，
不落关口落人名。

少读诗书无学问，
半路出家艺不精；
还望歌师来指正，
我会领教记在心。

平生爱听又爱问，
常听别人谈古今；
各朝各代都有点，
出类拔萃有名人。

可叹家事生活紧，
不能一一记得清，
多多少少记得点，
今天唱来散散心。

唱得好来莫夸奖，
唱得不好要谅情，
夏桀无道宠妹喜，
纣王相信狐狸精。

子牙下山有道行，
开创周朝八百春，
夷奇如马讲礼信，
千秋万古称圣人。

战国元楚报伊尹，
包胥复国哭秦廷，
列国孙燕好得很，
忠孝扭天是孙膑。

司马懿 长能忍 ，
知道未来是孔明，
三国英雄难表尽，
两晋豪杰表不清。

南宋岳飞讲忠信，
唐朝贤王李世明，
元朝天宋居宋室，
元璋统一国大明。

崇祯上吊清兵进，
中元二次外族吞，
多少记得这一点，
唱来大家散散心。

歌师本是唱歌人，
真是有德又有能，
又聪明来有智慧，
又能武来又能文。

能武共同去对故，
能文可以当翰林，
唱的书本又押韵，
好似猛虎下山林。

悲欢离合表情好，
唱的音调又好听，
声音柔美又宏量，
犹如虎啸与龙吟。

言语温和又客气，
不会出言来伤人，
唱的字眼又清楚，
没有差错半毫分。

人名清楚全不错，
关津度日甚明星，
仁兄唱的都如此，
推个生来我奉承。

只有小弟见识浅，
真正是个愚蠢人，
小时看牛又捡粪，
未曾跨过学堂门。

拿着书本倒起认，
还说是在请先生，
井字认当半字认，
往字认住分不清。

要学愚公立下志，
这辈不行下辈行，
一年更比一年好，
子孙后代享富贵。

今天遇着歌师傅。
好以海潮通孙膑，
小弟情愿退步让，
我认输来你算赢。

好比哑巴有人喊，
十声九哑喊不应，
有时牵牛去犁地，
呸主扯右乱弹琴。

歌师唱歌真高明，
十阵交锋九阵赢，
常言岩斑出鹞子，
处处都有贤能人。

歌师唱的是大传，
小弟唱的白话文，
句句都是真请话，
并无半句是虚情。

牛打脚当刷鞭棍，
绊胸带当作拉绳，
走进一块红苕地，
还说是块侧耳根。

出头船儿先下水，
瞎子跳墙遇深坑，
犹如下山上林虎，
好比蛟龙得雨云。

还望歌师指教我，
梁山兄弟打才亲，
小弟赔礼把师敬，
既往不咎古人云。

走进一块韭菜地，
还说麦子发得青，
走往花红树下过，
还说是颗万年青。

凡事让人休过分，
哪个充狠要落魂，
追人不上一百步，
欺人不要欺上门。

学点温良恭俭让，
诚信忠厚方为人，
不信且听下一段，
叹理服人才见心。

好比瞎子去看戏，
只会听点好声青，
改革开放政策好，
幸福生活万年春。

歌师摆的龙门阵，
关四门来留四门；
放条活路给人走，
言语不可乱伤人。

鸡鸣丑时天要亮，
得罪歌师要回还，
明日你家赔罪去，
杯酒片菜来坐谈。

老好之人谁敢整，
狡猾乏人谁敢哼，
人生能有几十年，
幸福生活要珍惜。

歌师好比孙大圣，
上天下地俱皆能，
小弟是以慈悲本，
要与众位一条心。

小羊鲁莽来冒犯，
有些言词礼不瑞，
怪我是个瞎眼汉，
有眼无珠看不穿。

礼义不周休见怪，
言语不恭望恕宽，
宽仁厚德让过我，
才是红义盖过天。

语出千言必有错，
古言树长不齐天，
得罪天来还个愿，
得罪歌师装袋烟。

从头一二指教我，
不枉今天会歌仙，
若是我今再不改，
写张检查表心田。

邀请到我寒舍去，
背包拿伞我承担，
若是歌师有重担，
我来与你挨一肩。

你我结拜为兄弟，
龙女同海与同山，
歌师年长为歌子，
小弟在二我在三。

同心合意搞建设，
大家共享太平年，
先有国来后有家，
年轻前方保家园。

闲把山歌来操练，
学得一篇是一篇，
如今时代大改变，
各族人民乐翻天。

常言国泰民安乐，
努力来把小康创，
伟大复兴中国梦，
开拓创新早实现。

若不正确原谅我，
歌师宽怀我知觉，
下次再有好机会，
你我扭成一股绳。

对付别处的歌师，
前后围拢喊活捉，
你我得胜回营转，
扛起红旗唱凯歌。

学而时习到这方，
大到大意开个场，
一开天来大又大，
二开地广通四方。

三开萧何追韩信，
四开刘备与关张，
五开一百单八将，
六开三关杨六郎。

七开盘古分天地，
八开轩辕制衣裳，
九开西游孙行者，
十开岳飞挑梁王。

十一十二我留下，
哪位歌师请上场，
小弟初学把歌唱，
释访歌师到贵乡。

锣鼓打得闹洋洋，
闻听歌师在开场，
一个巴掌拍不响，
筷子原来是一双。

开起场来要人赶，
唱起歌来要人帮，
以仰歌师义气广，
小弟与你帮个腔。

五湖四海起东风，
小弟今天会歌兄，
诸位歌师来到此，
有缘相会歌堂中。

昔日桃园三兄弟，
后收四弟赵子龙，
大破黄巾真英雄，
关圣提刀斩华雄。

张飞曾把曹瞒退，
赵云长板显威风，
桃园兄弟情义重，
不枉三国称英雄。

又说秦琼在山东，
四处豪杰访英雄，
要与秦母来拜寿，
结拜张兄负弟兄。

李密无道遇离散，
三贤访友徐茂公，
只有单通人性烈，
一人独保王世充。

回马投后功劳重，
单鞭救主尉迟恭，
结拜弟兄多勇猛，
后来人人封国公。

黎良卖剑访韩信，
刘备关张访卧龙，
只有小事无访处，
今天歌堂遇歌兄。

歌师说话太合心，
仁义礼智分得清，
久跑江湖常在外，
五湖四海都有名。

言语来得多周正，
小弟时刻记在心，
不是小弟夸奖你，
赛过梁山宋公明。

歌场唱歌响当当，
小弟一听好着忙，
久闻歌师盛名广，
赛过前朝刘关张。

四面八方都走过，
江湖之中是内行，
小弟今天是学唱，
要望歌师帮个忙。

前朝后汉我不懂，
只能打个帮帮腔，
倘若哪些不周到，
赦在高坡免在坪。

若是言语有冲撞，
望乞原谅永不容；
歌师宽宏又大量，
把你大名四海扬。

不是小弟夸奖你，
赛过常山赵子龙，
这是小弟真情话，
并无半句是谎言。

一上歌台就唱歌，
本曾先把礼节学；
这位歌师少会过，
不知山歌有好多。

把你好歌传给我，
大家齐唱和气歌；
今天我陪歌师坐，
安把山歌学一学。

小弟哪点有差错，
要求指点我一看，
歌师朝前唱起走，
小弟随后紧跟着。

唱歌先生体夸能，
能人之中有能人，
鲁班门前莫弄斧，
孔子前面休款文。

男人坐月是扯谎，
公鸡下蛋是哄人，
四书五经你读过，
吟诗作对你都行。

哪个朝代你都知，
咬文嚼字算你行，
今天唱歌扣字眼，
不许哪个停歌声。

歌师傅来你不忙，
二人骑马上战场，
兵对云来将对将，
不准哪个来帮忙。

若是哪个找帮手，
追得鸡飞狗上墙，
星星无能比月亮，
乌鸦怎能比凤凰。

黄牛怎能比狮子，
灯光怎能比太阳，
今天我俩把歌唱，
无非不是比短长。

赢了不能得官做，
输了不会割耳朵，
老兄若还不听劝，
一把捏你出蛋黄。

不怕歌师嘴会说，
纵有几首也不多，
好比下棋个找个，
将遇良才巧合着。

那个去了你又来，
心中一定有安排，
不是回去拿书本，
就是去搬师父来。

任你有款千百首，
今天遇着烂秀才，
歌师肚内装得有，
不管好孬端出来。

我有钥匙开你锁，
才能教得你的乖，
你来了就不格外，
安心坐下莫走开。

怪得歌师嘴会说，
刷子无毛板眼多，
骟匠取出铜刀子，
割你后头那两砣。

歌师唱歌莫款文，
不怕别人比你能，
山高也有人行路，
水深自有渡船人，

今天有缘来相会，
看你要唱哪条文，
你且安心来坐稳，
我来与你定输赢。

第五章

海洋情歌

第一节　情歌特征

情歌是有关男女之间爱情为主题的民歌。情歌之所以受人喜爱，是因为"有过爱情体验的人会从中汲取爱情的养料，丰富自己的爱情生活，激发内在的爱情力量。未有过爱情体验的人，可以从中获得这种体验，品尝爱情美酒的甜美……"[1]情歌是人类爱情的产物，主要抒发青年男女由相爱而激发出来的悲欢离合的思想感情，总会采取多种多样的艺术手法，或含蓄或直率地表达对爱情的热情追求，充分表现劳动人民纯朴健康的恋爱观点和审美情操以及对封建礼教的蔑视和反抗。

海洋情歌在男女交际的各个阶段有不同的内容表达，有选择、恋爱、结合三个阶段，大致可以分为初识歌、试探歌、赞美歌、热恋歌、盟誓歌、相思歌、送郎歌等。在各类民歌中，情歌数量最多，也是最动人、艺术性最高的。如试探歌表达男女双方不大熟悉了解，但对地方有了心思而显得害羞腼腆，又想吐露心曲又担心冒犯对方，让自己丢面子难堪，不好开口讲，就用民歌小心谨慎做交流，试探对方的反应。就像《丢个石头试深浅》：

隔河看见哥穿青，妹想过河怕水深。
丢个石头试深浅，唱首山歌试哥心。

又如《又怕刺芭扎手中》：

大姐生得白蒙蒙，好像山中映山红。
我想伸手摘一朵，又怕刺芭[2]扎手中。

郎唱山歌声音亮，句句唱在妹心上。
妹在房中坐不住，前门走到后门望。

---

[1] 陆一帆：《观众心理学》，中山大学出版社，1988年版，第41页。
[2] 刺芭：刺梨，为蔷薇科植物缫丝花的果实，又名茨梨、木梨子。

热恋歌是通过相互了解、双方情投意合，并进入恋爱阶段的高潮，整天就想形影不离，一时半会儿不见，就茶不思来饭不想，一日不见如隔三秋，失魂落魄，如痴如梦。如《渣渣落在眼睛头》：

望郎望到夜里头，满肚相思泪长流。
急问女儿哭哪样，渣渣落在眼睛头。

盟誓歌是双方一旦定情，互许终身，总还担心对方变心，失去了对方，因此海誓山盟，表白心迹，以示对爱情的忠贞不渝，坚定不移。如《小妹万年不变心》：

送郎送到松树坪，根根松树如媒人。
松树千年不落叶，小妹万年不变心。

第二节　海洋情歌集成

情歌（十八扯）[①]

豌豆开花角对角，
表姐邀我打平伏；
我问平伏怎么打，
手靠手来脚靠脚。

吃了夜饭洗了脚，
拿起竹竿满屋夺；
人家问我做哪样，
没有情妹睡不着。

吃了夜饭睡不着，
上街走到下街梭；
人家说我强盗头，
专偷婆娘不偷牛。

桐子开花砣对砣，
别人笑我无老婆；
哪年哪月讨一个，
背起娃娃喊嘎婆。

要连情妹上雅坡，
要吃凉水下洞脚；
雅坡情妹良心好，
洞脚凉水解口渴。

太阳出来照白岩，
白岩脚下桂花开；
姐是桂花香千里，
哥是蜜蜂万里来。

郎在后檐打一岩，
姐在房中绣花鞋；
爹娘问你什么事，
风吹古树落干柴。

大白岩来小白岩，
唱首山歌甩过来；
有情有义就捡起，
无情无义甩回来。

大河涨水淹白岩，
二面二河桂花开；
风不吹花花不动，
郎不招手娇不来。

大河涨水小河清，
一边浑来一边清；
不怕河中两样水，
只怕情妹两样心。

大河涨水起旋涡，
情妹淘米慢慢搓；
想留情哥吃顿饭，
筛子关门眼睛多。

大河涨水小河满，
情妹过河砍钓杆；
砍得钓杆无钓线，
看着鲤鱼漂下滩。

[①] 彭兴茂收集整理。

小妹砍柴半山坡，
手起刀落好利索；
心想问妹讨一捆，
不知情妹意如何。

大山砍柴步步高，
走到半山遇到娇；
脚上钉颗蒙籽刺，
挨挨擦擦要妹挑。

大海中间种仙桃，
根深不怕大风摇；
只要我俩情义好，
哪怕别人两面刀。

郎在门外打声呵，
筷子一甩碗一丢；
爹娘问你什么事，
新穿鞋子没合脚。

郎在后园打板栗，
棒棒落在后园里；
爹娘问你什么事，
风吹古树落干柴。

嫁人莫嫁鸭子客，
手拿竹竿十八节；
白天站在田坎上，
夜晚睡的半边月。

嫁人要嫁鸭子客，
一夜鸭蛋好几百；
不论哪年坐月子，
鸭蛋要吃好几月。

大路不平石板镶，
大姐走路莫慌张；
你又不是官家女，
我又不是饿蚂蝗。

大路不平石板平，
石板底下藏金银；
你要金银你拿去，
你要贪花万不能。

回去和姐讲个情，
我不是要你金银；
慢在一步叙家常，
交个朋友行不行。

太阳晒得辣焦焦，
晒得情妹像火烧；
我这有把花阳伞，
快快过来遮一朝。

厚薄烟杆五寸长，
点杆烟来进绣房；
烟杆挂在帐钩上，
双手搭在妹胸膛。

香茶爱生向阳坡，
枇杷爱结同心果；
鳗鱼爱跳龙门水，
阿妹爱唱爱情歌。

太阳西沉四山黄，
母牛带崽过荒塘；
母牛爱喝荒塘水，
情妹爱我十八郎。

翻了一坡又一坡，
过了四十八道河；
四十八道水不干，
道道河水打湿脚。

翻了一山又一山，
过了四十八道梁；
四十八梁刺芭多，
不为情妹为哪样。

蜜蜂为花死在坡，
鸬鹚为鱼死在河；
情哥为妹太毛躁，
罐子煮鸡露了脚。

只有情哥来救妹，
哪有情妹来救哥；
只有竹壳包嫩笋，
哪有嫩笋色竹壳。

闷闷沉沉不新鲜，
糊糊塗塗好可怜；
梦中想见情哥哥，
日恩夜想不团圆。

打锣要打苏州锣，
恋妹要恋两叔婆；
倘若大娘得罪了，
又有二娘来劝和。

对门园里一坵田，
竹筒提水十八丰；
你这荒田不耕春，
哪个敢来提这亲。

对门大田四四方，
郎唱山歌妹栽秧；
栽个大行对小行，
唱个星星伴月亮。

对门大姐手莫招，
路边芭茅快如刀；
若不小心割了手，
恶痒恶痛又心焦。

对门对屋对阶基，
二人见面笑嘻嘻；
妹子问我笑啥子，
你少丈夫我少妻。

辫子长来辫子长，
莫拿辫子赛我郎；
你的屋头我晓得，
半边锅子半边床。

大山捡柴步步高，
走到半山遇到娇；
脚上钉颗蒙籽刺，
挨挨擦擦要妹挑。

高高山上高岩岩，
高岩头上一棵槐；
风不吹来槐不动，
妹不约时郎不来。

高坡点荞不用肥，
两人相爱不用媒；
郎吹木叶情一片，
妹吹末叶一片情。

高山岭上种早谷，
水远全素雨来浴；
我俩路远难相见，
移动电话来牵线。

高高山上入青天，
望到高山冒青烟；
想必就是情妹家，
何时才能到眼前。

高高山上入青天，
望到妹家冒青烟；
何日才到你家去，
凉水泡饭也清甜。

郎妹相交情意重，
麻丝缠手实难丢；
铁打称钩吞下肚，
时刻挂念在心头。

郎在高山学鸟叫，
妹在房中把手招；
爹娘问你招啥子，
风吹头发自手捞。

郎在高山次干柴，
妹从平地送饭来；
露水打湿鞋和袜，
不为情哥为何来。

郎有心来妹有意，
哪怕关在笼子里；
只要二人主意定，
铁做笼子也打碎。

郎是鸳来妹是鸯，
双双游在河个间；
不怕风来不怕浪，
不怕别人打冷枪。

郎也合来妹也合，
好比鼎罐和三脚①；
情哥有心烧把火，
情妹有心把米酌。

哥为妹来妹为哥，
鸟为青山鱼为河；
鸟为青山死在岭，
鱼为清水死在河。

大姐生得白蒙蒙，
好像山中映山红；
我想伸手摘一朵，
又怕刺芭③扎手中。

妹在湖南哥在川，
心心相印八面山；
有朝一日时运转，
白头到老作鸳鸯。

哥在山上放早牛，
妹在房中梳早头；
哥在坡上微微笑，
妹在房中点点头。

歌师生得好口才，
你比大姐生得乖；
你比大姐生得好，
一定是个大秀才。

哥种各来妹种瓜，
哥煮饭来妹煨②茶；
清早起来对面坐，
世上难找这一家。

哥妹结交心要真，
吃了秤砣铁了心；
莫学枫香常落叶，
要学芭蕉一条心。

妹妹生得像枝花，
生在别处不想她；
若是生在我地方，
左想主意右想法。

哥是钥匙妹是锁，
哥爱妹来妹爱哥；
水不离鱼鱼跟水，
砣不离称称跟砣。

妹妹生得一枝花，
那日赶场碰见她；
说了好多知心话，
要我请媒先娶她。

歌师唱歌好确薄，
何必这样来夸我；
我们不是初相会，
门当户对隔条河。

哥爱妹来妹爱哥，
愿学喜鹊做一窝；
妹爱哥来哥爱妹，
愿学鲤鱼共条河。

妹在河中洗菜苔，
哥在河边打漂岩；
莫飞高来莫飞矮，
不偏不歪到妹怀。

天上有雨它要落，
情妹有话你要说；
你有实话照直讲，
君子有钱处处落。

---

① 三脚：用在架锅的铁制支，架，由于有三只脚，所以称为三脚。
② 煨：用文火加热。
③ 刺芭：刺梨，为蔷薇科植物缫丝花的果实，又名茨梨、木梨子。

第五章　海洋情歌

妹是十七哥十八，
你我都是青年家；
哥是生姜才出土，
妹是嫩笋才发芽。

妹是南山一枝花，
哥是蜜蜂满山寻；
蜜蜂落在梅花上，
两翅摇摇不想回。

天上星子排对排，
比上灯碗配灯台；
红漆板凳配桌子，
小妹不配你秀才。

你要过来你就来，
这边有个土台台；
前面有根遮阴树，
后头有个高岩岩。

妹是茨竹吐新芽，
哥哥不要去想她；
妹是柜中花绸缎，
先将绸缎了解下。

我在妹家抽支烟，
雾边有人造谣言；
倘若我有二心事，
背得菩萨喊得天。

歌师说话说得确，
没有半句欺骗我；
把话刻在石板上，
千年大雨洗不脱。

我的山歌到处唱，
唱支山歌搞愉乐；
随便捡得随便唱，
妹想恋哥就上坡。

歌师唱歌笑盈盈，
句句唱的是真情；
浪子面头金不换，
强盗收心做好人。

清早起来雾茫茫，
鸳鸯飞到田坝塘；
蚂蝗缠住鸳鸯脚，
要想脱来不得脱。

哥哥生得彪又彪，
好比大雪山林飘；
妹是太阳把你晒，
未等落地雨点消。

清早起来爬大山，
太阳不出路不干；
太阳出来路干了，
见了情妹心才宽。

隔河看见哥穿青，
妹想过河怕水深；
丢个石头试深浅，
唱首山歌试哥心。

隔河看见妹穿白，
情妹名字我晓得；
等我回家翻书看，
正好同年又同月。

山竹笋子嫩苦苦，
问哥哪里不开怀；
问哥哪些不欢喜，
窄处想到宽处来。

青篾背篓黄篾腰，
情妹背起打猪草；
哪年哪月嫁给我，
柴不捞来水不挑。

铜锣不打不开声，
山歌越唱越开心；
小郎走了桃花运，
你唱山歌妹在听。

口唱山歌给妹听，
看妹知情不知情；
点灯还要双灯草，
唱歌还要妹接音。

口唱山歌把哥逗，
看哥抬头不抬头；
马不抬头爱青草，
哥不抬头爱风流。

山歌不唱不开怀，
磨子不推不转来；
若把妹心唱转后，
十朵梅花朵朵开。

天上星子颗颗挨，
情妹连郎个个乖；
不是我郎拾爱你，
抓得拢来撒得开。

天上星子颗颗黄，
可怜星子可怜郎；
可怜星子走夜路，
可怜情郎守空房。

天上星多月不明，
塘里雨多水不清；
年轻人多无好事，
你姐郎多花了心。

郎唱山歌声音亮，
句句唱在妹心上；
妹在房中坐不住，
前门走到后门望。

郎要乘来妹要乘，
郎走拢来妹走开；
倘若有个二心事，
神仙下凡也难猜。

妹要乘来郎要乘，
郎拿镜子妹拿筛；
郎拿镜子照镜子，
妹提筛子作招牌。

十七八岁不唱歌，
三十二三娃儿多；
你若哪时想唱了，
哪有心思来唱歌。

十七八岁姑娘家，
劝你莫坐湿地下；
一来又怕蚊虫咬，
二来又怕蚂蝗爬。

十七八岁不出嫁，
留在家中把鞋扎；
看见公鸡爬母鸡，
心里犹如刀子杀。

大河涨水淹白岩，
试到试到①靠拢来；
不是行船做买卖，
只为情妹哥放排。

当初和妹种莞瓜，
攀藤三年不生芽；
如今三年不结子，
枉费挑水去淋花。

当初和哥种莞瓜，
种在别处别人家；
如今我俩围园种，
早上淋水夜开花。

好花红来好花红，
三十六朵共一丛；
三十六丛共花种，
哪朵向阳哪朵红。

见娃生得白皎皎，
银丝围裙捆在腰；
妹你穿起街上走，
十人见了九人瞧。

行也愁来坐也愁，
城隍庙里许猪头；
许了猪头还了愿，
保佑情哥心不愁。

情妹生得乖又乖，
脸红好比牡丹开；
见妹人才生得好，
千里路上哥要来。

---

① 试到试到：试着试着。

情妹生得白纱纱，
脸上好比胭脂擦；
走路如同风摆柳，
说话好像吐枇杷。

一朵鲜花淡淡红，
可惜生在刺蓬蓬；
若是生在我地方，
雨水调润花在红。

小妹生得苗茶条，
小小红嘴像樱桃；
有情哥哥想了你，
左思右想想成痨。

远远见妹飘过来，
不高不瘦好人才；
走路好比蝴蝶舞，
坐下就像莲花开。

郎穿白衣在船头，
妹穿花衣在彩楼；
心想和你说句话，
船要走来水要流。

哥在对门搭歌台，
妹在河下洗蒜苔；
要想蒜苔吃一根，
要想玩耍进屋来。

你看天上那朵云，
又像落雨又像晴；
你看河边那妹子，
又想恋哥又怕人。

望郎望到夜里头，
满肚相思泪长流；
急问女儿哭哪样，
渣渣落在眼睛头。

芭茅草来芭茅根，
茅草盖屋兜①阳尘②；
大屋瓦房兜燕子，
十八小姐逗后生。

唱首山歌开开心，
恋个小妹要年轻；
年轻妹子胜似花，
哪个见了不想她。

唱首山歌给哥听，
看哥知情不知情；
哥不知情犹自可，
莫在世上枉为人。

唱首山歌解忧愁，
恋个小妹爱风流；
风流之人风流好，
逍遥快活到白头。

别人不上这重坡，
他人走少我走多；
一双鞋子走烂了，
我为情妹打赤脚。

这条大路沙子多，
亏哥天天打赤脚；
若哥有心跟着我，
细布鞋子穿几多。

太阳出来照白岩，
白岩脚下晒花鞋；
有钱哥哥穿一双，
无钱哥哥穿草鞋。

---

① 兜：受什么喜爱、追捧。
② 阳尘：茅草灰尘。

好烟吸口嘴里苦，
好茶喝杯心里凉；
好酒喝杯昏昏醉，
好花一朵满城香。

吃烟莫把烟斗丢，
烟袋犹如钩鱼钩；
妹妹好比金丝鲤，
愿者鱼儿自上钩。

吃了烟来吹了灰，
十八妹妹我少陪；
心想陪你久久坐，
四书五经难得背。

吃泡①要吃三月泡，
恋妹要恋一样高；
一样高来哪点好，
眉毛相抄脚相捞。

天上乌云块块黑，
你走娘家几个月；
你走娘家几时转，
捎个回信我来接。

太阳又大风又凉，
海椒又辣又着姜；
小妹又白又擦粉，
好比雪上又加霜。

太阳落西又转东，
妹叫情哥早收工；
钱来银子找不尽，
累坏身子妹心痛。

情妹生来爱梳妆，
头发梳得亮堂堂；
虱子上来打滚走，
跳蚤不想来沾边。

姑娘打起青阳伞，
好比鲤鱼上了滩；
鲤鱼上滩用网打，
撒网容易收网难。

情姐是我好知音，
皮匠锥子当得针；
要学苋菜红到老，
莫学花椒黑了心。

隔河看见妹穿衣，
哥想过河怕水深；
丢颗石头试深浅，
唱首山歌试妹心。

情歌一曲定了音，
妹吃秤砣铁了心；
剥了笋子不变卦，
炖②牛肉不返生。

夜晚天上少颗星，
九天仙女下凡尘；
阿妹生得实在美，
人间哪有这样人。

夜风轻轻话更轻，
桥上相约细谈心；
打个石头在河里，
水有多深情更深。

紫竹马鞭节节通，
二人定情莫漏风；
燕子衔泥紧闭嘴，
蚕儿吐丝在肚中。

---

① 泡：山莓，又名树莓、山抛子、牛奶泡、撒秧泡，三月泡、四月泡等。
② 炖：熟、软。

倒杯泡酒甜又黄，
散杯热酒哥来尝；
情郎喝了这杯酒，
又提精神又御寒。

八月中秋看月牙，
哥出糍粑妹出茶；
妹吃糍粑粘牙齿，
哥喝浓茶精神发。

白布包头糯米浆，
妹子好像玉兰香；
劝妹莫去风里站，
十里吹来九里香。

白布汗衣四角齐，
小郎穿起莫沾泥；
沾了泥巴不要紧，
情妹上门帮你洗。

白日青天下大雨，
漆地墨里满天星；
哥妹有意在心里，
明里无情暗有情。

挑水码头洗细纱，
根根流过石岩牙；
我俩结交闷在肚，
杨梅结子暗开花。

楠竹打水细飞飞，
大河洗衣不用捶；
细石磨刀不用水，
我俩结交不用媒。

一回生来二回熟，
齐心开船洞庭湖；
哪怕风吹恶浪打，
哪怕河中有岩头。

楼上点灯楼下阴，
寻郎寻到三两更；
寻到油干灯草尽，
没见情哥哼一声。

看妹生得乖又乖，
丝绸衬衫红花鞋；
两眼好比青铜镜，
抬头照亮九条街。

看哥生得黑又黑，
火烧短裤拖拖鞋；
一身都是光肉肉，
一根汗帕都没得。

不吃晌午①都还好，
吃了晌午肚皮嘈；
还是那天见到你，
白天好过夜难熬。

提个篮子拿只鸡，
说是情郎去看妻；
哪天在外逗狗咬，
人家骂你厚脸皮。

妹在湖南哥在川，
中间隔在八面山；
现在对话隔山叫，
可惜手机没有电。

里耶对面清水坪，
隔河听见打歌声；
东边日头西边雨，
电语不通也有情。

六月太阳正当中，
三月桃花正当红；
情妹二干桃花开，
再不连娇要过沟。

六月太阳像把刀，
妹在后园薅海椒；
情哥看见心不忍，
你来歇凉我来薅。

日头出来晒高坡，
小妹出来晒绫罗；
绫罗好看要钱少，
现在妹子要钱多。

---

① 晌午：午饭。

月亮天灯它也亮，
头上无风它也凉；
看妹生得实在好，
头上无花自然香。

月亮出来亮堂堂，
对直照进妹的房；
妹的房中样样有，
多个枕头少个郎。

月亮出来像把梳，
二十多岁没丈夫；
早知你是这等事，
何不上山做尼姑。

月亮出来像把镰，
转去转来在天边；
月亮团圆十五六，
和妹团圆哪一年。

久闻妹妹一枝花，
日织绫罗夜织纱；
一日织得三丈布，
哪个不想妹成家。

枇杷树上牵牛花，
牵牛缠树往上爬；
牵牛缠树死不放，
哥今缠妹要成家。

上河涨水下河浑，
小小鱼船往上撑；
打个石头试深浅，
喝首山歌试妹心。

要想过河就过河，
莫怕河水打湿脚；
有心哪怕河深浅，
爱情不怕受搓磨。

现在出门找钱多，
人人唱起幸福歌；
土家苗汉齐欢唱，
男女老少笑哈哈。

送哥送到屋檐脚，
风也吹来雨也落；
一手给郎撑把伞，
一手结他扯衣角。

送哥送到屋当头，
拿着手帕泪长流；
爹娘问我哭啥子，
渣渣落在眼睛头。

送郎送到海椒林，
手摸海椒诉衷情；
要学海椒红到老，
莫学花椒黑良心。

送郎送到豇豆林，
手摸豇豆诉衷情；
要像豇豆成双对，
莫学茄子打单身。

送郎送到松树林，
手摸松树诉衷情；
要像松柏常青翠，
莫像芭茅一个春。

送郎送到松树坪，
根根松树如媒人；
松树千年不落叶，
小妹万年不变心。

送郎送到石山窝，
手捧凉水给哥唱；
我郎喝了手捧水，
三年五载口不渴。

送郎送到鲤鱼塘，
鲤鱼塘里鱼成双；
双手抓住郎的手，
要像鱼儿游得欢。

送郎送到鲤鱼塘，
塘里一对好鸳鸯；
要像鸳鸯咸双对，
莫学锦鸡一个单。

送郎送到鲤鱼塘，
桐子树下好歇凉；
双手抓住郎的手，
小妹望郎早回乡。

送郎送到竹子山，
竹子根根满坡牵；
竹子和根紧相连，
小妹情哥一个样。

送郎送到竹子山，
拖着竹子哭一场；
别人问我哭哪样，
我哭竹子心不干。

送郎送到桐子坪，
手摸桐子泪淋淋；
别人问我哭啥子，
情哥走了我伤心。

送郎送到五里亭，
送了五里难舍情；
再送五里情难舍，
野猫送路也可能。

送郎送到五里坡，
再送五里不算多；
甜言蜜语悄悄话，
一路欢笑一路歌。

送郎送到五里坡，
五里坡上生火把；
扯把芭茅来垫坐，
同哥坐到太阳落。

送郎送到梨子山，
摘个梨子解口渴；
吃了梨子分了手，
想起梨子又想哥。

送郎送过三座山，
送时容易回来难；
送时有郎同步走，
回来一个好孤单。

第六章

海洋仪式歌

第一节 仪式歌特征

仪式歌是指在民间礼俗和祀典等仪式上所吟诵或念唱的歌曲。这类民歌依附于一定的祭典、礼仪和风俗而存在。这类歌曲通过先祖以口头传播、面面相授的方式一辈辈延续传承下来，主要包括了节令民歌、祭祀民歌、礼俗歌。仪式歌是研究民间风俗和家庭发展重要资料。

礼俗歌是在生子、嫁娶、祝寿、送葬、造屋等红白喜事及日常迎宾待客时说吟诵歌唱的民歌，反映了人们的价值观念和社会理想。礼俗歌多为祝颂之词，寄托着人们对美好生活的期盼、祝愿，哭丧歌（孝歌）是对已逝世人的怀念和祝福。

哭嫁歌是汉族、土家族、苗族、布依族、壮族等民族都有婚礼习俗民歌，其中最具有代表性的还是土家族"哭嫁歌"。哭嫁歌最早的文字记载出现于清代彭秋潭的《竹枝词》，依其歌谣推断"哭嫁歌"的出现至少可追溯至明清时期。在清代《永顺县志·风土志·风尚·二》记录了"崇巫尚鬼，歌丧哭嫁"，证明当时的哭嫁歌与婚嫁习俗。此后哭嫁歌及习俗文献记载更多。哭嫁是"表达新娘对自己家乡父老兄妹、亲朋好友们难分难舍的离别真情的特别形式。凡新娘，在出嫁的前三天起就要开始哭嫁。新娘会不会哭，被人们当作评判姑娘聪明或呆笨的标准之一。如果在哭嫁时哭得不悲恸，不感人，往往会被人耻笑。"①因此，土家女子从懂事之时，便跟随母亲或祖母学习哭嫁歌，同时也在参加婚礼活动情景中观摩体悟。

哭嫁，在封建社会很盛行，是妇女们用歌声来控诉对不合理的婚姻制度的悲叹，也是对封建婚姻的揭露和反抗。哭嫁歌内容十分丰富。渝湘鄂黔边境的土家族地区，哭嫁的内容虽然因地域不同而有差异，但大致都包括了辞祖宗、哭爹娘、哭哥嫂、哭十姊妹、哭穿露水衣、哭众亲友、哭骂媒人、哭出门、哭梳妆、哭上轿、哭入席等一系列内容，有母女相哭、姐妹相哭、姑嫂相哭、骂媒人以及"三从四德"之类。哭嫁主要是新娘自己表达内心的感情。如《哭爹娘歌》：

哭声爹来刀割胆，哭声妈来箭穿心。

---

① 吴胜延，余继平：《大喜之日，痛哭——土家族的哭嫁习俗》，中华手工，2005年第2期。

只道父母团圆坐，谁知今日要分身。

篙芝关门叶子多，爹为女儿拖累多。
旧账没有还清楚，新账又借一大坡。
你为儿女卖良田，你为儿女操碎心。
心想平生服侍你，世上不由女儿心。
祝我爹爹高福寿，女儿再苦心也甜。

对哥嫂提出希望，代其敬孝道的《哭哥歌》：

千斤担子交与你，代妹孝敬二双亲。
吃饭穿衣要过问，头痛脑热要细心。
大三小四要你办，天塌下来靠你撑。
父母高寿全家福，妹在婆家喜在心。

哭嫁歌的形式有：一个单哭、两人对哭、对唱、合唱，要边哭边唱，唱中有哭，哭中有唱，总体突出一个"哭"字。如两人对哭的哭媒人《媒人是条背时狗》：

媒人是条背时狗，那头吃了这头走。
娘家来吹女婿好，婆家去吹嫁妆多。
媒人是条好吃狗，东家吃了西家走。

媒人听了不生气，也用"哭"来作答，如《地下无媒不成亲》：

天上无云不下雨，地下无媒不成亲。
媒人吃了千家饭，尽做好事配姻缘。

青布裤子白布腰，爹娘嫁你你心焦。
不是我来搭鹊桥，任你娘家坐天牢！

哭嫁歌唱腔都有基本的骨架，由演唱者即兴发挥为主，唱词不定，常常为多句结构，落音习惯多为下滑，哭腔多运用"哦""啦""喔呼"等哭叹衬词，还带有哭时的抽噎和颤抖以表现"哭"的特征。哭嫁具有说教的训诫功能，在哭嫁过程中，常常伴随着父母的训诫，其内容主要是教导女儿行孝道，尽妇道，要吃苦耐劳、克勤克俭。如《要顺兄嫂兄妹的情》：

> 我的女儿，
> 我的心肝。
> 走路要看路高低，
> 讲话要分人老少。
> 要顺兄嫂兄妹的情。

这些哭嫁内容无不透露出可取的人生经验，对一个离开父母兄长庇护、初涉人世的女子都是大有益处的。而今婚恋自由，哭嫁已成为姑娘们结婚前的一种仪式。

孝歌是伴随着丧葬活动而出现的一种闹丧守灵时演唱的仪式歌曲，是民间丧葬文化的重要组成部分，有"丧歌""夜歌""闹丧歌""丧堂歌""丧鼓歌""跳丧鼓"等叫法。传统习俗中，丧葬习俗有送终、报丧、入棺、祭奠、送葬、下葬等主要仪式过程，其中"坐夜"时，孝子坐在棺材周围，先由一至二个歌郎击鼓说："吉利"引唱，接着用领唱和帮唱等形式，唱说死者的一生经历和劳绩。在唱孝歌中，内容还包罗历史人物、历史典故、传说，也有歌唱爱情、名山大川、花鸟虫鱼和当前形势的。孝歌内容除歌头外，多为即兴创作，曲调凄婉悲凉，催人泪下，有的质朴清新，优美自然。在武陵民族地区，这种特殊的丧葬习俗，体现出"坚毅顽强的民族共性以及对美好生活的憧憬和追求。土家人开朗乐观，对人的生死有合理辩证的认识，把丧事当作喜事操办，因此，它就成了悲哀与欢乐、颂亡与慰生、肃穆与热闹等奇妙有机的统一体。"① 这类仪式性孝歌着重宣扬子女的孝义文化，体现和展示了儒家经典中的孝道观念，也反映出人民对孝义的理解与发展，宣扬传统孝道，报答父母的养育之恩。

---

① 余继平：《大悲之日，欢歌——土家族特殊的丧葬习俗》，中华手工，2005年第2期。

第二节　海洋仪式歌集成

贺新年[①]

秀山县土家族（花灯调）

正月贺喜正月年，	五月贺喜五月年，	九月贺喜九月年，
贺喜主家过新年。	新打龙船下江南。	重阳造酒忙连连。
这个新年过得好，	九十九块金桨片，	家家重阳造美酒，
多多斟酒劝状元。	船头船尾新状元。	造起美酒等状元。
二月贺喜二月年，	六月贺喜六月年，	十月贺喜十月年，
父母抱子到堂前。	六月太阳当火燃。	寒冬大小好惨然。
父母抱子堂前坐，	将钱买把乌油伞，	忙拿花来情哥爱，
长大成人点状元。	遮过前山新状元。	愿你情哥中状元。
三月贺喜三月年，	七月贺喜七月年，	冬月贺喜冬月年，
三人结义在桃园。	老的灵魂转回还。	雪花飘飘落下来。
三人饮酒桃园坐，	阳的团圆吃饱饭，	雪花落来雪满地，
多多斟酒劝状元。	阴的团圆化纸钱。	雪上加霜又团圆。
四月贺喜四月年，	八月贺喜八月年，	腊月贺喜脂月年，
后园蚕丝又结茧。	八月十五月团圆。	杀猪宰羊来过年，
茧子牵丝先结果，	八月十五月光冷，	家中大小宽饮酒，
织匹绫罗送状元。	赛过男子女状元。	一家老少都团圆。

[①] 李吉芝演唱，陈哲夫采录。

建房歌

上梁歌（一）
喜洋洋来笑颜颜，
主家今日造华堂。
脚踏一步上街檐，
站在街檐打一望。
主家坐得好屋场，
坐在龙头生贵子。
坐在龙尾状元郎，
主家坐在龙腰上。
二龙抢宝在中央。

脚踏二步进华堂，
进了华堂观四方。
木匠师傅手艺强，
真是鲁班亲弟子，
根根金柱放豪光。
蓬荜生辉把名扬。

上梁歌（二）
今日天晴来上梁，
主家修起好华堂。
华堂修在龙头上，
大家齐心来上梁。
双手扶住金银梯，
师傅上东我上西。
上一步一品当朝，
上二步双凤朝阳，
上三步三元及弟，

上四步四季发财，
上五步五谷丰登，
上六步六合同春，
上七步七星高照，
上八步八仙深海，
上九步九子登科，
十步上得荣华，
富贵万万年。

西边福侍落，
有请东边师傅说。
东边师傅说：
一进华堂说一声，
鲁班大师你是听，
皇王初开无人治，
五台山上去修行，
甲子年间修得道，
传下弟子到如今，
弟子门前香师旺，
千家请来万家迎。
远望里来城门口，
进门才知鲁班行，
墨斗一个像月亮，
墨尺弯弓心亮明，
墨签一根七寸半，
画墨好似做文章，
锯子好似丁字样，
裁起树木像龙头。

斧头一把三斤半，
砍得龙头万里光，
推刨一个四四方，
推得万里亮堂堂。
凿子一把七寸五，
好似张郎进华堂，
主家本是堂门旺，
修起金仓乳银仓，
金仓本是金银库，
银仓本是聚宝盆。
左手打开金银库，
右手打开聚宝盆。
堂前交与主家手。
百家门前有人迎，
主家接过金和玉，
阳雀过路远扬名。

三步四步走得忙，
不觉来到银梯旁，
双手扶做金银梯，
师傅上东我上西，
脚踏一步一帆风顺，
脚踏二步双喜临门，
脚踏三步达三江，
脚踏四步通四海，
脚踏五步五谷丰盈，
脚踏六步六畜兴旺，
脚踏七步七星高照，

脚踏八步八方来财,
脚踏九步幸福久远,
脚踏十步富贵双全。

手把一川和二川,
干罗十二为臣相,
手把三川和四川,
太公八十遇文王,
双手扶在大梁身,
鹞子翻身生梁头。
坐在梁头观四方,
主家在的好屋场,
前面一条致富路,
后有双凤来朝阳,
左有一根摇钱树,
右有一个聚宝盆,
摇钱树来聚宝盆,
早落黄金夜落银,
初一早上捡四两,
初二早上捡半斤,
初三初四不去捡,
斗大的黄金滚进门,
西边福侍落,
又请东边师傅说。

呼梁

梓木梁梓木梁,
生在何处生在何方,
生在希弥山上,
日日月月见它生,
露水苗苗见它长,
长得枝枝成对,
长得对对成双,
张木匠过路不敢砍,
李木匠路过不敢量,
唯有师傅从此过。
看见此木放豪光,
正是主家做栋梁。
一十二人来砍倒,
二十四人来帮忙,
三十二人运入华堂,
木马一对好似鸳鸯,
师傅真是鲁班仙,
斧子一去坑坑坎坎,
推刨一去豪光闪闪,
墨线一去乌杨过江,
锯子一去两头溜圆。
西边福侍落,
东边师傅说。

缠梁

养蚕治丝是嫘祖,
养蚕治丝最辛苦,
织得红调八丈长,
拿与主家来缠梁,
一缠狮子滚绣球,
二缠富贵坐朝堂,
三缠三元早仲,
四缠四季发财,
五缠五子登科早,

六缠六位高升,
七缠是七姊团圆,
八缠是八面玲珑,
九缠是久缠久远,
十缠金玉满堂,
从此今日缠过后,
荣发富贵万年长。

上梁歌(三)

主家今日屋上梁。
喜逢黄道降吉祥。
手拿主家一片绫。
一丈三尺还有零。
左拴三下增富贵。
右拴三下点翰林。
主家人财两兴旺。
荣华富贵满门庭。
西边福侍落,
又请东边师傅说。

上梁歌(四)

福喜哟福喜噢,
一不早来二不迟。
正是主家上梁时。
上起东来龙献爪。
上起西来凤朝阳。
朝阳朝到西门外。
千里开花万里香。
天官送福放封爆竹。
西边福侍落。

有请东边师傅说。

讲：
小弟有点不讲理。
一上梁来就说起。
三思而坐。
在思可以。
南方立万丈，
北方路上立华基。
九里路上立牌坊。
十里路上立庭院。
大相公朝中为丞相。
二相公京城点翰林。
只有三相公年纪小。
还在学？

你不说来我又说。
我小时是个懒家伙。
叫我读书我逃学。
叫我和师傅学手艺。
学的结果大不和。
师傅叫我去凿眼子。
竟然凿成圆角角。
师傅叫我点斗作。
点来点去硬差着。
叫我上梁说福侍。
上来抱住酒壶喝。
师傅硬是看不过。
抬起手来柯脑亮。
亲戚朋友莫笑我。

过了这回好好学。
福侍一毕上梁大吉。

爹妈养我十七八。
才把学堂门来跨。
读书最怕打屁股。
丢了书包捡芝麻。
全国省会没去过。
秀山地方我不熟。
好耍不过重庆府。
买不出的买得出。
福侍一毕上梁大吉。
东边师傅说起。

你的福侍说得好。
金口玉言把主夸。
要问主家名和姓。
大彭陇西啟章家。
一去二三里。
烟村四五家。
庭院六七座。
八九十字花。
福侍一毕上梁大吉。
东边师傅说。

讲厨师
主家请来好厨师，
满盘盛席把客待，
真是张天师的亲弟子，
色香味美飘过来。

先来出一盘，
腊肉和大蒜，
八十八小十六盘，
海参摆中间。
忙把二盘出，
粉蒸猪头加扣肉，
黄花耳子炒鸡肉，
山药炖排骨。
两盘燕窝汤，
忙往桌上端，
阳藿子姜炒瘦肉。
两盘猪闪服。
两盘青椒炒鸡蛋，
心，腰，舌，柳跷蒜头，
还有酱油炒猪肝，
最爱吃的念豆腐。
是菜都炒好，
装在茶盘里。
美酒两壶中间放。
来与主家上大梁。
西边福侍落，
又请东也师傅说。

点酒
一个茶盆四角方，
张郎伐木鲁班相，
四面响起云牙板，
金杯银筷摆中间，
壶中造酒是杜康。
杜康仙人造美酒，

一里开坛十里香,
别人拿来无用处,
主家拿来点大梁,
一杯酒点上天,
惊动天上财神仙。
二杯酒点下地,
地脉龙神接脉气,
三杯酒点梁点头,
主家代代厂中诸侯,
四杯酒点梁中,
主家代代在朝中,
五杯酒点梁尾,
荣华富贵这时起。
六杯酒无处斟,
我们拿来打口渴。
西边福侍落,
又请东边师傅说。

点梁
弟子手提一把瓶。
不是金来不是银。
里面装的什么货。
喝的美酒一大瓶。
别人拿来无用处。
弟子拿来点梁廷。
一杯酒点上天。
惊动天上众神仙。
二杯酒点下地。
地脉龙神接地气。
三杯酒点梁头。

代代儿孙中诸侯。
四杯酒点梁腰。
打黄伞来穿金袍。
五杯酒点梁尾。
主家儿孙高中举。
吃也吃得有。
点也点得有。
现在弟子湿口。
得罪下面亲戚朋友。
福侍一毕上梁大吉。
东边师傅又请说。

抛梁粑(一)
真糯米是糯粑,
正三四月才下种,
七黄八月才收它,
爷爷背胡斗,
奶奶拿镰拔,
打得糯谷百石担,
送去机房把米打,
糯米打得白如雪,
涛尽筛选去其渣,
一个蒸子两头空,
白米放在正当中。
蒸得白米香喷喷,
糯米放入粑糟中,
男一锤女一棒,
打得糍粑放豪光。
糍粑打得软稀稀,
不粘糍筐粘簸箕,

不是腊油来改交。
叫你糍粑吃不成。
别人拿来无用处,
主家拿来抛大梁。
西边福侍落,
又请东边师傅说。

抛梁粑(二)
糍粑一手抛上天,
惊动天上众神仙,
众位神仙都到此,
恭贺主家万代昌,
糍粑一手抛下地,
众位老少捡起吃。
老的吃了添福寿。
少的吃了福寿长,
从此今日抛过后,
荣华富贵万年长。
西边福侍落,
又请东边师傅说。

讲:
手端主家一杯酒,
赞个天长与地久。
手端主家二杯酒。
荣华富贵代代有。
手端主家三杯酒。
子子孙孙封王侯。
西边福侍落,
又请东边师傅说。

接梁粑

主人主人。
来与堂前跪下。
我今与你赐金银。
今日赐你一些金。
儿孙都是清华北大生。
今日赐你一些银。
买些田地给子孙。
上头买陇云南省。
下面买陇北京城。
（丢小粑粑）。
买得长田好跑马。
买得团田好养鱼。
主家要富要贵。
富贵都要。
你要富赐你富，
你要贵赐你贵。
富贵就从今日起，
荣华富贵万年春。

撒红包

手拿红包一大把，
我把红包撒。
亲朋赶来齐齐贺，
喜迎满堂儿孙发。
亲朋贵宾头张望，
财源福气满家降。
红包落地滚元宝，
四邻八舍都抢到。
小伙抢到配鸳鸯，
姑娘抢到配情郎。
中年抢到富贵长，
老人抢到寿无疆。
西边福侍落，
又请东边师傅说。

接梁粑

问：主家要富要贵？
答：富也要贵也要！
说：要富赐富，
赐你金银满仓库，
要贵赐你贵，
赐你荣华富贵万万岁。

东边师傅听我说，
主家功夫还在多，
需要扯领子，
还要钉瓦角，
我们不必再多说。

进财语

太阳出来热洋洋，
主家今日立华堂。
脚进一步上街檐，
站在街檐打一望，
主家坐得好屋场，
前面一条致富路，
后有双凤来朝阳，
左有一根摇钱树，
右有一个聚宝盆。
摇钱树来聚宝盆，
早落黄金夜落银。
初一早上捡四两，
初二早上捡半斤，
初三初四不去捡，
斗大黄金滚进门。

脚踏二步进华堂，
一进华堂观四方，
主家本是堂门旺，
修起金仓和银仓。
金仓本是金银库，
银仓本是聚宝盆。
左手打开金银库，
右手打开聚宝盆。
我是天上财北星，
来与主家送金银。
堂前交与主人家，
人也发来家也兴。

下梯十送

一送坤龙地，
主家好结义，
主家修造好华基，
幸福万年春。

二送好屋场，
主家修华堂，
八字朝门白粉墙，
主家好兴旺。

三送金柱头，
根根沉香木，
两也牌坊梭罗树，
修起好幸福。

四送梓木梁，
生在昆龙山，
文管提笔安中央，
万代好栋梁。

五送白杨方，
云南赶雕匠，
雕起格子亮堂堂，
金鸡配凤凰。

六送格子门，
格子亮沉沉，
官家小姐踩五门，
家发万事兴。

七送玻璃灯，
高挂在五门，
五门内外亮晶晶，
主家代代兴。

八送八角楼，
四角对九州，
官家小姐上绣楼，

狮子滚绣球。

九送九龙盘，
夜夜更鼓响，
惊动太子金銮殿，
美名天下扬。

十送满屋客，
客官怪不得，
满屋亲朋待不周，
口口叫多谢。

柱顶乾坤家业盛。
梁担日月福源长。
福随宾客纷纷至。
春伴朝阳款款来。
喜气绕梁万般喜。
春光满院千里春。
良辰喜竖擎天柱。
吉日长横立地栋梁。

吉日和风频送喜，
良辰瑞气正升梁。
优雅新楼邀月近，
壮观大厦伴云高。
福侍一毕上梁大吉，
又请东边师傅说。

玉柱坚挺千秋固，
金梁耀辉万代荣。
柱立九霄进百福，
梁压三星纳千祥。
福侍一毕上梁大吉。
又请东边师傅说。

哭嫁歌
爹娘操心熬白头[①]
月儿弯弯照华堂，
哭了祖宗哭爹娘。
我是爹娘心头肉，
而今分离痛断肠。
记起女儿年幼时，
父母爱我掌上珠。
爹娘操心熬白头，
女儿不孝走别乡。

哭姊妹
你是大户人家牛，
走到穷家不抬头。
看到东方发了白，
姊妹留念要离别。
看到东方发了亮，
姊妹留恋要分散，
后面坡上栽百合。
姊妹人合意也合，
同得钥匙共得锁。

---

① 海洋乡小坪村二组张冬英、田福英演唱的录音资料整理。

同得鞋子共得脚,
姊妹脚踩两边草,
离得多来会得少。
姊妹脚踩路边岩,
你们来时我没来。
风吹麻叶遍山白,
风吹麻叶遍山白。
姊妹好耍要分别,
姊妹好耍要分开。
丢不得来舍不得,
柑子好吃十二瓣,
姊妹好耍要分散,
橙子好吃要剥皮,
姊妹好耍要分离。

哭哥哥

哥哥堂中把壶提,
你送妹妹去下贱,
哥哥堂中把酒酌,
你送妹妹受磋磨。
哥哥堂中把酒奠,
你送妹妹去下贱,
我贵日子今日满,
下贱之时明日起,
晓得下贱到哪天,
何时才是出头日。
桐子开花砣对砣,
开的开来落的落,
先开的来结桐子,
后开的来是配着。

风吹芭茅叶打叶,
扯住哥衣双泪落,
我要嫁到婆家去,
堂前父母靠哥哥。

哭媒人

媒人是个媒婆婆,
老起千担两头斗,
一说东家女美丽,
二说西家男儿俊。
你来求亲讲大话,
说了娘家说婆家。
你搭桥来没搭顶,
你修路来没修完。
婆家来的布一截,
尺又小来扣又窄,
拿来做鞋又可惜,
做的衣服穿不得。
你吃婆家一杆烟,
你讲他家发几千,
你吃婆家一杯茶,
你讲他家正在发。
你吃婆家一杯酒,
你讲他家啥都有。
板栗开花吊线线,
背时媒人想挂面。
板栗开花话球球,
背时媒人想猪头。
豌豆开花双对双,
背时媒人想鞋穿。

青布鞋子有一双,
媒人穿起烂脚杆。
鞋子里白外面青,
媒人穿了烂脚筋。
牛圈后面栽丝瓜,
背时媒人生背花。
打扫堂屋待客来,
打扫牛圈待媒人。
媒人是个撵杖狗,
这头吃了那头走。
你把高坡踩成坪地。
坪地踩成凹砣。

媒人哭

天上无云不下雨,
地上无媒不成亲,
媒人吃了千家饭,
爹娘不肯我说亲。
青布裤子白布腰,
爹妈嫁你你心焦,
不是我给你搭个桥。
你在娘家坐天牢。
你不要媒人不要中,
你背起包袱找老公。

哭吃离娘饭

今早吃了离娘茶,
家也发来人也发。
今早吃了离娘烟,
荣华富贵发齐天。

今早吃了离娘酒，
荣义发富贵宗宗有。
今早吃了离娘饭，
年年四季都兴旺。

哭梳头
今早头发往后梳，
这是梳的丫鬟头。
今早头发往上抹，
离了娘家去别家。
今早去了别人家，
受人欺来受人压。
生就眉毛配就像，
扯了眉笔改了样。
一根银丝黑又黑，
生就眉毛扯不得。
一根丝线清又清，
扯了眉毛寒宁？

一根丝线清又清，
扯了眉毛寒了心。
一根青丝黄又黄，
拔了眉毛好悲伤。

哭嫁衣
我今不穿露水衣，
不受人家老少欺。
丫鬟衣服我不穿，
丫鬟奴才我不当。
丫鬟衣服穿不热，

丫鬟奴才当不得。

哭穿鞋
丫鬟鞋子我不穿，
穿了就把奴才当。
丫鬟鞋子穿不得，
穿了离娘又离爹。
今早穿了露水鞋，
成了人家贱奴才。

十哭家人
一哭我的妈，
不该养奴家，
养起奴家置陪嫁，
没有孝敬妈。

二哭我的爹，
爹爹你当家，
姊妹兄弟你养大，
书钱要你拿。

三哭我的哥，
姊妹也不多，
处处地方关心我，
没受欺负过。

四哭我的嫂，
把我待得好，
泡茶煮饭是她教，
从不烦我傻。

五哭我的妹，
小我两三岁，
一天到晚不分离，
吃住在一起。

六哭我的弟，
他在学堂里，
他的鞋子我做的，
金榜定提名。

七哭我的叔，
我们同屋住，
大事小务常帮我，
与其爹爹同。

八哭我的婶，
为我操了心，
陪嫁办了好多起，
赔情不到只感恩。

九哭金鸡啼，
眼泪往下滴，
轻吹细打婆家去，
感谢众亲友。

十哭点园灯，
轿子已上门，
难为亲朋送人捕，
难为亲朋送人情，
时刻记在心。

娘哭女儿

我的女我的儿,
一年一头春啊,
不觉姑娘长成人,
今日分别要嫁人。
成人又长大,
我女要出嫁,
爹娘嘱咐几句话,
千万记心下。
一要敬公婆,
三餐茶饭要弄熟,
高声喊来低声应,
孝敬理应当。
二要敬丈夫,
夫妻要和睦,
他是家里顶梁柱,
事事多帮助。

三要妯娌和,
是非莫等别人说,
家中无水多挑担,
哪有功夫累坏人。
四要理在贤,
是非莫乱言,
识破不值半文钱,
自尊自重别人爱。
五要起得早,
堂前把地扫,
天天都有贵客到,
卫生要搞好。
六要爱洁净,
茶饭要均匀,
不要熟一甑生一甑,
没有好心情。
七要梳洗好,

打扮人头脑。
慢慢出来把火烧,
然后叫二老。
八要学裁剪,
扎鞋缝补才方便,
浆衣洗衫虽然苦,
多给乡邻做针线。
九要种田庄,
夫妻要商量,
发家致富勤劳动,
出门也能找大钱。
十要精打和细算,
切记不要去贪玩,
勤耕苦种是正道,
哪有银钱随处捡。

孝歌

二十四孝歌[①]
无人接歌我又接,
我来接住唱一歇;
不唱天来不唱地,
听唱二十四寿人。

要知行孝业生地,
一一从头说原因;
众住老少请雅静,
听唱一段报娘恩。

第一行孝是目连,
目连为母到西天;
牛郎织女重相会,
母女久别又团圆。

借问灵山多少路,
十万八千有余零;
莫说十万八千里,
再有十万也要行。

第二行孝是王祥,
母亲得病卧在床;
将身睡在塞冰上,
天赐金丝鱼一双。

将鱼拿回家中转,
煎汤奉母病离床;
孝心感动天和地,
如今孝名天下扬。

---

① 王兆友演唱、彭兴茂整理。

第三孝子崔文瑞,
八十老母在高堂;
文瑞桑园将桑摘,
惊动玉帝不宁安。

差得四姐下凡界,
配合文瑞行孝人;
第四行孝是董永,
卖身埋葬老父亲。

赐他一根摇钱树,
早落黄金夜落银;
七姐摇树配成双,
百日夫妻回天庭。

若要夫妻重相会,
黄都送子遇仙姬;
从前傅家把工做,
身名云举状元郎。

第五行孝是孟姜,
万里长城寻范郎;
当时七门都得过,
何曾得见夫君郎。

十个指头都咬破,
谁人便是范君郎;
孟姜苦情难尽表,
哭倒东京万里墙。

第六行孝是庞天,
他的姑娘被是非;
丢下安安年七岁,
娘在东来儿在西。

每日凑来合一升,
哭哭啼啼送娘亲;
第七行孝是开宗,
开宗行孝真叫功。

家有人丁五百口,
同公几代家不分;
年年有个清明节,
人人眼中哭咚咚。

第八行孝是黄香,
黄香扇枕孝爹娘;
夏天又把枕来扇,
冬天提火烤热床。

孝心感动天和地,
留在今日把名扬,
后来夫妻生荣贵,
五个儿子伴君王。

第九行孝是孟宗,
孟宗哭竹冬笋生;
他娘想要冬笋吃,
抢竹哭啼惊动神。

第十行孝王氏女,
朝朝日日念佛住;
念得金刚天赐福,
惊动十殿阎罗君。

朝朝日日来相劝,
劝转丈夫赵金方;
那时儿女重相念,
一家老少上天堂。

十一行孝是曹安,
曹安杀子救爹娘;
孝心感到天和地,
杀子养母世间稀。

曹安杀子犯下罪,
亏他受罪又委屈;
后来罪满未取新,
因分显应救爹娘。

十二行孝刘三姐,
手上割肉救娘视;
三姐双膝跪下地,
祝告虚空过往神。

割肉不为别的事,
只为我母病在身;
一口咬住手肚子,
一刀割下盘淋淋。

第六章 海洋仪式歌

十三行孝是弟兄，
兄弟孝来娘张礼；
后母生病牙床上，
兄弟商量去凤凰。

凤凰山前把鸟打，
遇着色爷拿住他；
二十四个人头愿，
铁少封刀姓张人。

十四行孝孟一高，
婆婆得病要命交；
私自花园焚香案，
祝告虚空过往神。

就把钢刀拿在手，
割肉三斤救娘亲；
煎汤端到卧床去，
婆婆吃了百病消。

十五行孝位仙姬，
七岁之中母不离；
沉香将娘来雕起，
数日烧香泪悲啼。

每日念母声声哭，
快动天上张玉帝；
赐他衣食多丰足，
子孙荣华上头名。

十六行孝是郭巨，
为母埋儿天赐金；
因母得下重重病，
灵山采药救母亲。

药王见他孝心好，
赐他仙丹救母亲；
煎汤拿来救母亲，
疾病离身得安宁。

十七行孝是五子，
街上买臣当亲生；
无人五姓共条心，
个个行孝无头亲。

每日思亲多掉泪，
买个贫婆做母亲；
人人个个都行孝，
后来荣华福满门。

十八行孝赵五娘，
女中君子大贤良；
家中一贫如水洗，
剪了青发散高堂。

女中可算一大孝，
千年万载把名扬；
后来夫妻生荣华，
世代孝心天下传。

十九行孝是丁兰，
丁兰刻木是孝郎；
将木刻成父母样，
将木衣哭焚宝香。

哭父哭母不答应，
倒身下跪哭阎王；
孝心感动天和地，
天赐富贵把名扬。

二十行孝钟子期，
每日打雁奉爹娘；
双亲年老八十岁，
妻子行孝排第一。

伯牙他把子期访，
行孝子期如琴棋；
船舟分别生死路，
伯牙赠银养爹娘。

二十一孝是姜诗，
多少人子秀才身；
奉母休妻庞氏女，
不幸姑母刁谪移。

母亲遇他休妻子，
他母舍了庞三春；
三春女中一大孝，
后来安安状元郎。

二十二孝是关汉,
他的父亲来翻身;
王莽篡了武王位,
将他父亲夺了命。

后来关汉武艺好,
潼关镇守擒刘王;
母亲说出真实话,
经堂杀妻万古提。

二十三孝黄仙记,
八十老母在高堂;
因母得了寒热病,
睡在牙床不起身。

仙记主意把药采,
扯把妙药救母亲;
此药烧汤母亲吃,
寿元活了百余春。

二十四孝是沉香,
沉香行孝非寻常;
他将华山来打破,
他孝老母生身娘。

沉香非是凡间子,
他母仙体下天堂;
华山大王打一仗,
哪时救出生身娘。

十二月行孝歌
正月唱歌闹元宵,
儿又小来女又娇;
一苗露水一苗草,
过了一朝又一朝。

各人行孝各人了,
孝顺父母恩必报;
双手拨开生死路,
明山洞府好逍遥。

二月唱歌祭圣人,
一番水过一番新;
有钱公子少下钱,
无钱白屋出公卿。

忙忙跳出天罗网,
哪管人间富与贫;
烧张纸线化小财,
无常一到不容情。

三月唱歌是清明,
怨了多少美佳人;
在生不肯孝父母,
死后坠落地狱门。

自古人生少百岁,
一寸光阴一寸金;
孝亲本是凡人做,
只要凡人诚善心。

四月唱歌释迦生,
又好报恩又提心;
常把家务来默念,
无钱无米与几孙。

喉咙断了三寸气,
空手空拳见阎君;
一心要把父母孝,
不孝父母孝何人。

五月唱歌驾龙船,
全年干活不得闲;
若要超出凡尘外,
两耳休听旁人言。

古事丢在云霄外,
哪管太阳偏不偏;
翻身踏断绊脚索,
今日孝顺后报恩。

六月唱歌三伏天,
莫把功夫半时闲;
杀生害命千般罪,
难躲阴司十阎王。

修桥铺路阴功大,
广积好事种福田;
人人都要孝父母,
个个也要报养恩。

七月唱歌是月半，
清风吹来透心凉；
人人都想回头路，
多半孝答与儿郎。

九月唱歌是重阳，
重阳造酒是杜康；
杜康仙人造美酒，
一里开坛十里香。

冬月唱歌是寒冬，
人生在世一场空；
儿女从此行大孝，
黄泉路上不相逢。

自古行孝人无绝，
人生在世忠孝全；
何不行孝早向善，
父母恩德难报完。

十分心诚休言尽，
留与儿孙享福长；
自己还要孝文母，
父母恩德似海洋。

在生堆金又积玉，
死去何曾在手中；
想方设法拿不去，
昨日今天两不同。

八月唱歌昼夜长，
儿女何曾替爹娘；
老鼠不替儿打洞，
自作自受自担当。

十月唱歌小阳春，
长大要报父母恩；
磴上磨针功非小，
为人报答心要真。

腊月唱歌又一年，
百岁光阴似箭川；
寿等无期一百岁，
不知人间几千年。

每日光阴如弹子，
失落人间非寻常；
将身跳出红尘外，
自生自死上天堂。

古人若知其中意，
人死不能再复生；
在生不孝死挽奠，
哭干眼泪也枉然。

三饭五戒常诺口，
沐浴戒心心要诚；
打破毫光现，
不能成佛会成仙。

第七章

海洋时政歌

第一节　时政歌特征

时政歌是反映时代社会的政治状况的民歌。它鲜活地传达了劳动人民对一些政治事件、政治措施、政治人物以及政治形势的认识和态度，反映人们的政治理想和斗争精神，具有很大的现实性和社会性。

时政歌一般都比较短，字句自由，没有固定格式，语言精练，基调辛辣，风格明快，时代感强。讽刺歌多采用反话正说，歪打正着等嬉笑怒骂形式，高度概括地切中时弊。

颂歌是新中国成立后兴起的，是人民群众歌颂共产党和政府的民歌。颂歌多以丰富的想象、生动的比喻、美好的语言来抒发对党和领袖的感激和爱戴之情。

第二节　海洋时政歌集成

送郎当红军[①]，
闯南又东征；
贺龙就是领头人，
专为穷人闹翻身。

送郎当红军，
闯南又东征；
跟着救星共产党，
永远革命向前进。

党中央来真英明，
惠民政策得人心；
落实生产责任制，
田产黄金地产银。

党的政策好处多，
小康路上唱山歌；
落实生产责任制，
家家户户钱粮多。

春雨及时贵如油，
春风吹来暖悠悠；
青年出外打工去，
老人在家有盼头。

海洋土家苗汉族，
血肉相连如手足；
团结起来建四化，
开拓创新建奇功。

春回大地百花开，
四化建设在加快；
土家苗寨歌声起，
欢唱小康社会来。

讲香不过是麝香，
讲长不过流水长；
讲好不过党的好，
拨开乌云见太阳。

---

① 彭斯远搜集整理于秀山县。

第八章

儿歌

第一节 儿歌特征

一、儿歌的定义及分类

儿歌是充满童真、童趣、童味的简短歌谣，是儿童口中的文学。儿歌有狭义广义之分。狭义的儿歌是指由儿童自己创作以及由大人教唱，但内容符合儿童生理心理特征和理解能力的歌。广义的儿歌包括由妈妈奶奶等教唱、反映旧社会大人特别是妇女生活情感的、但由儿童传唱开来的歌。儿歌按其功用大致可分为三类：游戏儿歌、教诲儿歌、训练语言能力的绕口令。学界对于儿歌的分类有多种，从内容角度可分有催眠儿歌、抚儿歌、哄耍儿歌、物象儿歌、地名儿歌、故事儿歌、风俗儿歌等；从形式角度来划分有连锁儿歌、问答儿歌、颠倒儿歌、数数儿歌、绕口令儿歌、游戏儿歌等。

二、儿歌的特点

儿歌是表达母亲或长辈对孩子关爱的歌谣。儿歌具有简单明快、歌词韵脚工整、朗朗上口、旋律生动流畅等特点，儿歌的旋律音调方面，摇篮曲体现为抒情细腻，哄儿歌旋律音调大多体现出轻柔、活泼有趣。

三、儿歌的价值

儿歌对于儿童身心发展有着重要的价值，它既有益于儿童的听觉系统、肌肉等生理器官的发展，也利于儿童在智力、思维、道德以及审美等方面的发展。儿歌本身承载着优秀的文化，具有重要的教育意义，是知识和伦理的重要载体。[1]因此，基础教育德育活动可以"通过传唱新儿歌新童谣、做游戏等文体活动，提高小学生基本素质。"[2]儿童在吟唱儿歌的过程中得到精神的愉悦，体会中华文化，引导儿童向上向善，引导树立正确的价值追求和道德理想。

---

[1] 冯琳：《改革开放以来我国儿歌的知识伦理研究》，陕西师范大学2017年硕士学位论文。
[2] 教育部：《关于整体规划大中小学德育体系的意见》（中发〔2004〕16号）。

第二节　儿歌集成

妹妹你莫哭，
转过弯弯你家屋；
鼎灌的大米饭，
锅里炒有小猪肉。

大月亮小月亮，
哥哥起来学篾匠；
嫂嫂起来打鞋底，
婆婆起来磨豆浆。

一颗黄豆圆又圆，
推成豆腐卖成钱；
人家说我生意小，
小小生意赚大钱。

月亮光光，
梓木烧香；
烧到哪里，
烧到鞍山；
鞍山倒了，
和尚跑了。

一二三，
三二一；
三八三九二十七，
左脚勾；
右脚踢，
我们都来跳皮筋。

第九章
海洋民歌活态传承与发展途径

第一节　海洋民歌传承情况

海洋民歌世代延续、传承，唱歌成为人们习惯，他们认为人活每一天都应该唱歌乐神地，唱歌让人精神抖擞，干啥事都不累。歌手唱歌没有固定歌本，一位歌师傅的歌词都是见啥唱啥，想唱什么就唱什么，也没有什么固定表现形式，他们认为"喉下转筋来得快就行。"只要让别人明白自己内心的想法就可以，"山歌是个乱题材，哪里方便哪里来，只要四句扯得拢，只要七字撒得开。"由此，无论是在土家"四月八"、苗族"羊马节"以及传统的端午节等节庆，还是在修房造屋、迎亲嫁女、红喜白喜，都会唱歌、对歌，这已经成为传统了。

一、海洋民歌的传承

一种文化延续的机制或策略就是传承。民俗学家乌丙安先生说："好的习俗以其合理性赢得广泛的承认，代代相传，不断地继承下来[1]。"祁庆富在《论非物质文化遗产保护中的传承及传承人》指出："文化传承现象是传统文化的根本性特征，传承的本质是文化的延续[2]。"余继平先生认为："文化传承是涵盖了传统文化、文学、艺术、民俗、宗教和精神等众多方面……传承一种文化延续的机制或策略。它是一个民族在其历史过程中形成的物质文化及精神文化，以身传或口授一代一代延续不断的往下传承。"还指出"文化延续离不开传承人、传承团体或传承群体的直接参与，离不开人的能动活动。"[3]而文化的传承应该由传承群众、非遗普通传承人和非遗名录代表性传承人三部分传承力量构成；他把传承人划分为四种类型，即"社会传承人、家庭（族）传承人、行业传承人以及学校教育传承人。"传承人的成长"都是人们在特定区域生态环境中形成的一种生产生活方式、社会习俗，一种留存在人们生活里的艺术化方式。其传播方式都表现为年轻人向家庭、村落的长辈或者当地歌师傅、民间艺人学习而得，在民俗节日、生活礼俗等社交活动场域中习得、并在交流互动中得到实践与提升。代表性传承人在这样的社会传承空间中不断进取脱颖而出，成为精英

---

[1] 乌丙安：《中国民俗学》，辽宁大学出版社1985年版，第36～37页。
[2] 祁庆富：《论非物质文化遗产保护中的传承及传承人》，西北民族研究，2006年第3期。
[3] 余继平：《武陵地区非物质文化遗产传承人发展困境及其对策研究》，巴蜀书社2019年版，第83页。

人物①。"

海洋民歌的主要传承模式有家庭传承型、师徒传承型、社会交流学习型。另外，民间山歌协会传承型，协会传承模式也无疑对加强民间山歌的交流和传承发挥其重要作用。无论何种形式的传承，唱歌者都必须爱好山歌，勤于学习、善于钻研，并经过不断的历练，才会成为优秀的民间歌手、代表性传承人。在秀山，民歌代表性人物就有李红菊、潘清万、王兆友、潘清万、潘清林、白玉林等，他们都从12～13岁就开始学习唱山歌②，并通过不断钻研、努力学习，才成为民歌歌唱方面的佼佼者。

海洋民歌的发展，随社会的快速发展，原生态文化环境的发生变化，对其传承有着断层的危险，好在20世纪80年代中期成立了"石堤山歌协会"，并于2008年5月更名为"酉水山歌会"，并受到秀山县石堤镇政府的高度重视和支持，与协会共同组织了"酉水山歌会"活动，开展民间山歌交流和山歌比赛。此次歌会有200多名民间山歌手参与，参赛山歌内容包括酉水船工号子、土家族哭嫁歌、情歌对歌，以及赞美石堤优美风景、介绍地方民风民俗等。这对加强海洋在内的石堤山歌的交流和传承起了十分重要的作用。

二、海洋民歌代表性传承人

海洋民歌的传承歌手，在其成长的过程中，受社会环境的熏陶和师傅的指导是至关重要的。民间歌手王兆友讲其学唱山歌，是在王兆贤结婚时，受到保安乡山歌手吴绍体、吴帮魁来祝贺，主唱山歌，潘光斌、潘清万、王兆友、潘清林、潘光华等人去陪唱，从此以后，通过平时的锻炼才逐渐成长起来。在海洋乡小坪村二组60岁以上的妇女都能唱"土家哭嫁歌"，其中张冬英（女，1922年生，苗族，王兆友母亲）、田顺英（女，1931年生，土家族）、田福英（女，1950年生，土家族，王兆友妻子，已去世）③都是当地有名的歌师傅。1983年，张冬英与田福英两人一起表演"土家哭嫁歌"，秀山县文化局在民俗文化调查中也录制了她们的表演。这些歌师傅都以自己的实际行动为海洋民歌的传承发展做出了贡献。

海洋民歌代表性传承人彭兴茂，也是国家级非物质文化遗产项目"秀山花灯"的

---

① 余继平：《武陵地区非物质文化遗产传承人发展困境及其对策研究》，巴蜀书社2019年版，第150页。
② 彭玉花，杨四方：《酉水流域的民歌——渝东南秀山石堤等地山歌会资源的调查与思考》，重庆教育学院学报，2009年第4期。
③ 彭玉花，杨四方：《酉水流域的民歌——渝东南秀山石堤等地山歌会资源的调查与思考》，重庆教育学院学报，2009年第4期。

代表性传承人。

彭兴茂，男，土家族，1957年生，海洋乡小坪村彭家寨组人。他是一位德高望重，多才多艺的民间艺人，他从小受当地民歌的熏陶，自幼喜爱民歌，同时，从小受到花灯班每年正月初三到正月十五的跳花灯民俗影响，迷恋上了当地花灯，从幼儿时就跟随潘光兵师傅学跳花灯，1976年登台表演跳花灯。1979年，彭兴茂还组建了海洋乡小坪花灯班，灯班有14人，经常参加各种演出活动。彭兴茂长期致力于海洋民歌、花灯的传承保护，收集整理出海洋民歌第一集、海洋花灯曲调第一集、第二集。同时，坚持在海洋乡中心小学、秀山职教中心、重庆文化职业艺术学院等教授学生海洋民歌和秀山花灯，传承民族文化，对秀山花灯的传承保护以及传播做出了巨大的贡献。

第二节　海洋民歌传承发展途径

海洋民歌作为文化的一种存在方式和表现形态，一直与人们的生活、习惯、风俗等融为一体，它是一种无形的文化记忆。随着现代技术的发展，在现代价值观及市场经济的影响下，向海洋这类传统音乐的生存范围越来越小。很多青壮年不愿穿民族服饰、不会唱民歌民谣、女孩子们不会织布绣花等一些民族文化传统中的外在形式，而是选择外出打工，导致留守山寨只有老人和儿童，民族文化变迁与衰落的现实令人堪忧。自2003年以来，国家对非物质文化遗产开展普查、保护、传承工作，让濒危的非物质文化遗产得到有效保护，人们对非物质文化遗产的保护意识有了很大提高，并积极主动地参与到民间文化的保护中来。针对海洋民歌的传承与发展，可以从以下几个方面开展工作。

一、政府机构加强海洋民歌的保护工作

政府机构有必要有责任关注海洋民歌这类非遗传统民歌传承，积极有为地为海洋民歌创造良好发展的文化生态环境，建构适应乡村振兴发展需要的传承体系。一是多渠道筹措资金，加强资金扶持，以调动个人、民间组织、社会团体和企事业单位积极参与，让海洋民歌融入现代社会生活，结合乡村文化振兴，开展文旅融合发展，推动乡村振兴，带动区域经济发展。二是设立或报请非遗保护传承专项经费，支持保护与传承海洋民歌代表性传承人，保障他们的基本生活，满足研习与传承海洋民歌在内的非遗在文化遗产的需求。三是制定对各级非遗代表性传承人的传承激励机制。同时通过举办或参与文旅融合发展大会或活动，邀请或选派海洋民歌等民间艺人参加演出活动或大型比赛，以扩大海洋民歌影响范围。四是按照《非物质文化遗产法》，制定切实可行的实施细则，细化各方权责，明确政府部门在保护传承非遗传统民歌中的义务，确定鼓励民众参与海洋民歌保护与传承原则，引导民众积极参与。同时，积极开展本区域海洋民歌传承人认定和保护工作，为传承人提供制度化保障机制，大力扶植潜在传承人，使非遗传统民歌后继有人[1]。

---

[1] 杨晓：《非物质文化遗产保护语境下民歌传承与发展的思考——以弥渡民歌传承人李彩凤为例》，大理大学学报，2016年第3期。

二、建立海洋民歌研究机构，推动理论建设

解放思想，多方协同建立海洋民歌研究机构，加强区域内海洋民歌在内的非物质文化遗产的挖掘、收集、整理和研究。一是特色针对年岁已高且拥有非遗技艺，深知当地传统民俗文化的知情人士进行深度访谈，人类学口述史的研究，全面完整记录，保存、留下可贵的文献资料。二是配合、协助非遗保护相关部门，针对区域非遗现实存量，鉴定其实际价值，深入调查流传区域，梳理历史渊源，厘清传承谱系，阐释文化价值和濒危状况等，符合申报非遗项目保护条件的积极申报各级非遗保护名录，同时制定明确保护措施、保护计划并建立相应拯救机制。三是加强海洋民歌体系研究，深入基层采集、摄录、录音、整理民歌文字、乐谱、图像资料，采集、拍摄资料开展基础分析与技术分析，加强艺术体系理论研究，探索有效保护海洋民歌的原生状态，以及尊重原生态条件下和从业者艺术尊严，帮助开展演艺产业和研学产业发展的实践探索，加强成果传化研究，助力乡村振兴。四是加强海洋民歌的传播研究，如充分利用校广播站、电视台等来讲解民歌知识、播放经典民歌；在宣传栏设置非遗专栏，展示海洋民歌；通过微信公众号、网站等网络媒体全面展示，使学生深入了解非遗及海洋民歌，增强传承保护意识。

三、开展民歌文化进校园活动

学校教育是海洋民歌传承发展的重要途径和场所。秀山县海洋中心小学和秀山县中职学校等，理当担负起保持海洋民歌"原真性"和培养新一代传承人的使命，利用好这些平台，可以培养新一代海洋民歌艺术的创作者及欣赏者。突出地方中小学、中职学校音乐教育办学特色，深化海洋民歌研究，使其得以创新发展，将民歌纳入学校声乐教育，完善学校课程体系建设。

国家高度重视地方课程建设，在《中共中央国务院关于深化教育改革全面推进素质教育的决定》（中发〔1999〕9号）文件中指出："调整和改革课程体系、结构、内容、建立新的基础教育课程体系，试行国家课程、地方课程、学校课程"。2001年6月7日颁布的《基础教育课程改革纲要（试行）》中进一步提出："为保障和促进课程适应不同地区、学校、学生的要求，实行国家、地方和学校三级课程管理。"[①]2010年5月《国家中长期教育改革和发展规划纲要（2010—2020年）》提出了新的指示和要

---

① 中华人民共和国教育部：《普通高中音乐课程标准》，北京人民出版社2018年版。

求:"在达到国家规定的基础教育基本质量要求的前提下,有条件的地区和学校可逐步提高地方课程和学校课程的设置比例。各地要因地制宜地做好地方课程和学校课程的规范管理和分类指导。"[1]这些文件都强调和鼓励地方针对本地区的自身特殊情况开发出适应本地区的地方课程,实行国家、地方、学校三级课程体系,学校应该在满足国家课程与地方课程实施的基础上,设计出与本校实际情况相适应的校本课程,开发校本教材。

学校开展海洋民歌活动,在中小学开展设立海洋民歌课程(教学内容),加深中小学生对民族传统文化的感性和理性认识,培养他们从小对传统文化的喜爱和亲近之情。学校开展传统文化课程,一是选择性开展传承教育,开展非遗传统民歌的传承教育,不能直接复制,对具有民族性和地域性艺术特色的海洋非遗传统民歌教育传承,应该遵循非遗传统民歌发展规律,聘请原生态条件下从业者进校园,在课堂上进行原汁原味地讲授和传承。同时还要在坚持保证原生态的前提下,融合现代元素加以创新发展。二是充分挖掘海洋民歌音乐资源,取其精华充实音乐课程教学内容。在保持原生态民歌研究基础上,创编独具地方特色的民俗音乐教材,形成和建立教学资源库。从教学资源库中,以学生发展为中心,选择代表性且积极健康的民歌开展教学,编写、使用民歌校本教材。三是完善民歌音乐校本课程的设置,明确教学目的、课程目标,确定课时量和内容,保证校本课程的有效实施。在海洋民歌教学除教授演唱技巧,掌握民歌外,应该适当讲解海洋民歌的相关历史、民俗、民族等内容,以加深学生对非遗传统民歌的认识,增强文化自信,逐步培养其传承意识。四是坚持民间文化元素与教学实践融合,采取多元化多种教学形式,请进来走出去,线上线下结合,讲座式授课与专题讲座结合,校内课堂教学与校外实践体验结合等教学方式,教师与知名专家、演员、民间艺人组成教学团队,加强民歌演唱技艺,扩大学生艺术视野,加深学生对民族民间文化的理解,促进海洋民歌的传承。

四、海洋民歌与乡村文化振兴融合发展

随着乡村振兴的不断推进,农村经济的产业化成为时代需求。乡村旅游业、文化产业的开发已作为当前地方经济发展的一项重要举措。海洋民歌作为地方文化的优秀代表,必然要在经济发展中扮演重要角色。地方经济发展的需求,也要求学校能够培

---

[1] 中华人民共和国教育部:《义务教育音乐课程标准》,北京师范大学出版社,2012年版。

养出在经济活动中了解本民族文化、歌唱本地民歌的新一代建设者。比如，在乡村文旅产业中，聆听当地民歌是外地、游客了解旅游地民俗和风土人情、体验民俗活动的重要方式。例如，开发传统修房造屋民俗表演项目，建房民歌演唱，说福事等，让游客了解传统建房的木匠取木至新房落成整个仪式和民歌的不同曲调，深入全面地体验当地建房民俗；与婚俗文化项目相关的恋爱或婚姻的山歌演唱，可以让游客参与民歌对歌等活动中，了解当地的传统习俗。乡村振兴要带动当地第一、第二、第三产业的融合发展，也必然要大力发展乡村文化，乡村文化的振兴必然需要熟悉乡村文化的专业人才等参与。让海洋民歌在内的传统文化融入乡村振兴中，特别是休闲农业、乡村旅游、乡村服务业等特色产业，促进海洋民歌传承发展。

参考文献

［1］钟敬文.民间文学概论［M］.上海:上海文艺出版社，1980。

［2］乌丙安.中国民俗学［M］.辽宁:辽宁大学出版社，1985。

［3］余继平.武陵地区非物质文化遗产传承人发展困境及其对策研究［M］.四川:巴蜀书社，2019。

［4］陆一帆.观众心理学［M］.广东:中山大学出版社，1988。

［5］江明.汉族民歌概论［M］.上海:上海音乐出版社，2004。

［6］谢娅萍，曹毅.言情与歌——清江流域土家歌谣研究［M］.湖北:湖北人民出版社，2011。

［7］赵心宪.秀山花灯文化生态的考察与思考［M］.北京:中央文献出版社，2006。

［8］秀山土家族苗族自治县县志编纂委员会.秀山县志［M］.北京:中华书局，2001。

［9］中华人民共和国教育部.普通高中音乐课程标准［M］.北京:北京人民出版社，2018。

［10］中华人民共和国教育部.义务教育音乐课程标准［M］.北京:北京师范大学出版社，2012。

［11］冯琳.改革开放以来我国儿歌的知识伦理研究［D］.陕西:陕西师范大学学报，2017。

［12］秀山土家族苗族自治县民族宗教事务委员会.秀山民族志［C］.内部资料，2002。

［13］王世京.秀山民歌集［C］.秀山土家族苗族自治县文化馆，2016。

［14］余继平.建立在以"良心"为核心基础之上的道德规范——以土家族婚恋民歌为例［C］.土家山歌，2014。

［15］祁庆富.论非物质文化遗产保护中的传承及传承人［J］.西北民族研究，2006（03）。

［16］杨晓.非物质文化遗产保护语境下民歌传承与发展的思考——以弥渡民歌传承人李彩凤为例［J］.大理大学学报，2016（03）。

［17］彭玉花，杨四方.酉水流域的民歌——渝东南秀山石堤等地山歌会资源的调查与思考［J］.重庆教育学院学报，2009（04）。

［18］余继平.大悲之日，欢歌——土家族特殊的丧葬习俗［J］.中华手工，2005（02）。

［19］吴胜延，余继平.大喜之日，痛哭——土家族的哭嫁习俗［J］.中华手工，2005（02）。